coleção
rosa manga

AMARÁS MEU NARIZ BRILHANTE

Daniel Knight

AMARÁS MEU NARIZ BRILHANTE

1ª edição, 2022, São Paulo

LARANJA ● ORIGINAL

A ateia é uma única história esparramada em três romances, uma trilogia desmontável, que pode ser lida em qualquer ordem.

Para todas as mães que ainda não fizeram a bondade de morrer.
E para filhos e filhas que não terão o desgosto de enterrá-las.

Percebi que estava perdendo minha mãe,
e que era exatamente o que eu queria.
Elena Ferrante, escritora

Existem coisas mais importantes que dinheiro.
Todas custam caro.
Groucho Marx, ator

Não tem essa historinha de Estado laico.
É Estado cristão, e quem não gostar que se mude.
Jair Bolsonaro, paraquedista

I

Minha mãe não foi no meu casamento. Porque não quis, aquela desnaturada. Chorei de assar a pálpebra. Até então, mantivéramos contato na distância exata em que se pode manter contato com alguém que mistura amor e falta de ar. Nem me pergunte quantas vezes cortei relações com ela. Reatei a contragosto o mesmo número menos um.

Pai e noivo se ofereceram de bode expiatório, mas não levam jeito. Estranhei cama, banheiro e chão: dormi sentada na copa, frequentei a hamburgueria ali em frente duas, três vezes ao dia para usar o vaso, dei para calçar sandália na ducha e dormir de tênis. Idealizei cancelar tudo (o padre Esaú que aproveite o tempo livre, distribua bem-casado de sobremesa pro sopão dos pobres) e correr mundo afora arruinando boda alheia na risca do "ou cale-se para sempre", vingativa.

Planejo debandar, de São Paulo até jamais. Me acuso de frouxa, de fujona, de frígida, de fraca e só paro porque se me acabaram os adjetivos pertinentes em efe; não ando fria e evito me ofender em outra letra. Na véspera do casamento, sonhei que a morte me espetava por debaixo das cobertas e acordei de lábio mordido. Os golpes de foice me acertavam de lado, resultando não em corte ou perfuração na canela atingida, mas em carga nos joelhos, como se vaca narcisada sobre eles se sentasse. Despertei aos gritos? Parece que não. Vizinhas guinchariam que eu fechasse a matraca, bateriam panelas.

A morte varia. Desde nosso último trelelê, encorpou oito quilos que não lhe caíram mal, se afrancesou de boina e baguete. Meu noivo prometeu que tomaria, e acha que tomou, providências para que não mencionassem a sogra a um raio de três metros de mim. Entre convidados, funcionários de bufê e entrões, não se falou de política nem da lua: óbvio. Na fila dos parabéns, as meninas do cerimonial puxavam os menos íntimos por manga ou cintura ou cotovelo e davam preleção. Interromperam cochichos sobre vestidos saudosos do cabide, censuraram apostas no quando do divórcio e no quem do adultério, se juntaram à comoção retardatária pela lenga-lenga que compus pro padre.

– De quantas gafes me pouparam?

– Calcule. E conte em voz alta.

A partir do dia seguinte, os métodos do cerimonial suplantaram minha mãe em polêmica, ainda que não em alvoroço; careço de dados para julgar se por competência ou estabanamento das quatro magrelas com cara de sabonete que abordaram o povo.

– Precisa chamar a noiva de histérica?

– Distribuíram até manual de conduta. Você viu?

– Queimaram na saída. Um de capa bege.

– Ameaçaram me expor no trabalho. Falaram de brincadeira, levei a sério.

– Ave Maria! Quem contou pra elas?

– Não sei... Adivinha.

– Ameaçaram beliscar o Chico. Falaram sério, levei na brincadeira.

– Você experimentou o camafeu?

– Tava batizado, não tava? Me deu suador.

Inevitável que, apesar das providências, eu recebesse compaixão e tapinhas de "pronto, pronto" porque minha mãe me abandonou no altar, só que o Janus não acredita em inevitável; até sair debaixo de toró sem guarda-chuva, não descarta a possibilidade de continuar seco. Pior jogador de xadrez do mundo, coitado. Não me dissuadiu de mudarmos de cidade.

– Escolha de quem, Itatiba?

Sei de gente que memorizou texto, caprichou o desaforo na frente do espelho, injetou reforço de veneno na polpa da língua para, na hora agá – cadê coragem de me estalar o tabefe verbal?

– Não vale a pena.

– É um cachorro morto de véu e grinalda.

Minha irmã garante que não integra esse grupo, nem o que desconsiderou a tensão do ambiente.

– Tenha dó! A gente tá na metade do século vinte e um…

– Alugou igreja por causa de quem, do noivo ou da mãe?

Uma aluada gaúcha disse, "tu é muito forte; comigo, eu me matava", e se arrancaria para Pelotas crente de ter me elogiado, não levasse um cutucão do acompanhante.

– A guria não entendeu?

Mas bah, pior que entendi. Não me vexo contra quem se alegra por não ser eu, e nem tudo que cruzou a barreira do cerimonial brotava de malquerença. Quem recriminaria, por exemplo, a tia-avó de 83 anos por ter se atrapalhado, me chamado de Rebeca? Cabia a filhas e netas não deixar solta no salão uma senhorinha afogada em Alzheimer. Às tantas, se convenceu que morava atrás do palco desde data suprimida dos calendários cristianos.

Me seguraram para não tacar primos e penetras da família do Janus na rua. Cismaram que meter o bedelho equivale a liberdade de expressão e se engajaram na defesa da causa.

– E se fosse a tua mãe?

– Tinha vindo no meu casamento e me matado das doze vergonhas.

Não garanto a exatidão das frases; o teor, sim. Só me lembro textualmente de uma das investidas, a da Cármen, que me apoiou a mão na dobra e me despejou no ouvido "ai que saudade da tia Rebeca". Objetivo: chora, desgraçada, chora. Deu até o passo para trás da conferidinha.

A mentira sobre saudade nada teve de falso. A *tia* Rebeca despertava inveja nas adolescentas que não moravam com ela: a que não proibia nem vigiava, a que não punia. Ninguém testemunhará a meu favor caso eu represente queixa contra a Cármen por desacato à família na... tsc, na... como chama mesmo a base emergencial da Polícia dos Bons Modos, ali na Cerro Corá? E por que não? Quem vê pensa que não captaram o insulto...

– Calma. É o jeito da Cármen.

Nesta cidade, xingamentos melodizam o sotaque. Carro não roda sem os impropérios da motorista; equipado de tímpano e garganta, retrucaria as buzinadas na traseira. Colegas se cumprimentam com "oi, piranha", amigas se despedem com "tchau, vagabunda". A mecânica jurada de morte não olha para trás no caminho de casa e, se não janta de preocupação, é porque se endividou para além do cheque especial ou porque lembra do Juventus empacado na tabela do Campeonato Metropolitano. Ameaça direta não tira sono nem estraga apetite. Não aqui, onde palavrão não desce às infâmias, onde a técnica de ofender se fundamenta nas entrelinhas e no entre dentes.

Essa Cármen, mui amiga, que planejou me assistir fungando, escarrada de desconsolo, era madrinha. Um vai-tomar-no-cu empostado, calouro de creche domina; magoar demanda, além de talento da magoante, confiança da magoada.

– Soluça no meu ombro.

– Vai, soluça.

Fazer a noiva borrar a maquiagem, ô proeza... Rende assunto para que a prosa de um trimestre inteiro não verse sobre o preço do tomate. Das desculpas, perdi a conta. Naquela época, ainda se pediam e se davam de graça. Tinha gente que abusava.

– Por que você tá esquisita?

– Não tô esquisita.

– Por que você tá me evitando?

– Não tô te evitando.

– Tá o quê, então?

– Tô nada. Como assim?

– Que é que eu te fiz?

– Nada. Já disse...

Cortamos relações. Não houve bate-boca definitivo (songamonga, cocozenta, mocoronga), nem pancadaria (ninguém se esquivou de murros, calamocadas, petelecos), nem rompimento formal (as senhoras Cármen Destouches da Silva e Isis Rubens Albuquerque anunciam e lamentam o encerramento de uma amizade de infância). Cada uma pro seu lado, pronto. Não nos excluímos das redes sociais, ainda esgrimimos beijo de carioca quando nos trombamos por aí. Se amor de Judas azedasse, Jesus recrutaria onze apóstolos.

Oxalá minha mãe e eu seguíssemos rota semelhante. Bloqueei acessos, soterrei atalhos, finjo que não a conheço por fora e disfarço que a povoei por dentro. Me considero órfã; entretanto, não há nada que a purgue de mãe para ex-mãe.

Meu exílio no interior termina no dia em que ela morrer? Depende. Voltarei para São Paulo decidida a literalmente queimar dinheiro, de reunião marcada com o gerente do Abaporu em horário de assediador. Depende do quê? Não sonharei com a morte na véspera. Espero que ela também não sonhe comigo.

II

Não chamo a indivídua de mãe desde antes do desapego.

– Chama do quê, então?

– Em paz, de você. Implicante, de a senhora.

– E quando, tipo... Ela tava na sala e você gritava do quarto?

– Que que tem?

– Você chamava do quê?

– De nada. Gritava eeei.

Não me dirijo a ela, para que possa escrever "você" sem confusão (quem, eu?), e "Rebeca" me apoquenta. Ao nos conhecermos, apresentou-se como mamãe (cadê a mamãe? quem é a mamãe da Is?), farsa que forma, com Papai Noel e Coelhinho da Páscoa, a santíssima Trindade da desilusão infantil; depois, se firmou como mãe, nome próprio, apesar da minúscula. *Re-beca* soa com jeitão de nobreza *de-posta* ou de pronome de tratamento formal, incondizente com quem lhe parasitou as tripas. Pior só quando parentas reciclavam Beca, apelido gasto que mostra se ela poderia ou não poderia ter continuado jovem por um saco de anos a mais, não tivesse me concebido e acalentado sem segundas intenções.

Década antes da bendita festa, surtou e se declarou ateia, o que a família de longa data e a recente, conhecidas que a identificavam pelo estilo da barra da calça ou pela cor das madeixas, alunas que apontariam com a destra e apertariam um rim na canhota caso a vissem ralar o joelho no asfalto, o apaixonado que aguardara em pé, debaixo de sol e de mais sol, por desavença no casamento da bem-amada-idolatrada-salve-salve, as amigas de sangue e a postiça, até a psiquiatra da paróquia, todo um círculo social interpretou como sintoma inequívoco de demência precoce. Meu pai deu entrada com ela em hospital estatizado.

– A pobrezinha desatinou.

Explicação diversa não se acoplaria às leis: da física, da biologia, da santa madre igreja, do mercado, da segurança nacional, do acaso. Como, de sã consciência, a esposa (que se supunha) afetuosíssima, a mãe (que se esperava) devota das crias, a companheira de toda uma vida (que ainda não se desenlaçou em duas, meu bem) abriria parênteses na própria índole?

Coração sem Deus, coração sem amor. Lembro de um exorcista vir de Avaré, pilotando um jipe. Ninguém confirma, eu é que me confundi, o padre Glécio nunca veio desdemoniar minha mãe.

– Alguém, por favor, constate que não tenho sono de moleca, que esquece enquanto dorme, reinventa depois que acorda.

Desdêmona à parte, se quem dirigiu de Avaré até a Vila

Madalena foi uma alucinação, de onde tirei o chaveiro do Papa Inácio? Amigo imaginário dá lembrancinha? Amor sem sexo, Deus sem coração. Sim, senhor. Sem, senhor.

Me pergunto se, lá em cimão no céu, minha mãe e Deus, para resolver o rolo deles, arranjaram a privacidade que não concedemos aqui no planeta térreo. Enquanto manteve vínculo com a gente, inclusive o antivínculo comigo, roubamos o ponto de referência do ateísmo dela. Na nossa família, a etimologia de "ateia" é: do grego, *a* (negação ou privação) mais *thea* (guiar as filhas e enobrecer o marido).

Hoje não nasci onde terei nascido amanhã. Se um dia me naturalizo espanhola, as lobas me criaram, mesmo se na Espanha não houver floresta nem tundra. Origem flui. Durante a cerimônia, tia Marina se postou no altar, de braço dado com meu pai. Torrou uma dinheirama (metaforicamente, claro) para se encarregar da curadoria musical sacra (orquestra de câmara na capela da PUC) e da profana, banda de funk rock num casarão da Vila dos Ingleses.

– Precisava, tia?

– Quanta ostentação...

A orquestra ensaiava no Teatro Municipal, a banda era o Streetcar. Tia Marina enviuvou jovem e, junto com o marido, perdeu a misericórdia pela conta bancária. Inventou que dinheiro brilha em cor de sangue para que um escorra no lugar do outro; coincidência existe não é de enfeite. Repetiu tanto "não são vermelhos por acaso" que a frase evoluiu de dito espirituoso para ditado popular sem populacho e acabou como fragmento remanescente, garatuja em muro de vila soterrada, do dialeto de falante única que ela fabricara dentro da cabeça interditável.

– Licença? Posso mimar a sobrinha favorita?

– Você tem outra?

Para quem mora dentro da baleia, tubo digestivo é corredor. Ganho o que trazendo à baila que a tia renegou minha irmã? Nem um cafuné. Igual pâncreas precisa de açúcar, dedo atrai ferida? Se não denego que mima das sobrinhas a que considera, sei que bolou aquele presente específico também em benefício próprio, pois preferiria bancarrota a varar uma festa ouvindo a porcariada que tocaria sem o crivo dela.

– Que diacho... Por que a Marina brigou com a Julia?

– Por causa de futebol.

– Ahn?

– Aham.

Minha tia é a única membra deste clã de juventinas fanáticas que torce pro Nacional da Lapa. A Julia não se aguenta e provoca.

– Mais ou menos, né?

– Provoca, sim.

– E você, não? Comigo, ela reage.

Quando o Juve ganhou a Taça Leste-Oeste, derrubei o sonífero da minha mãe no chá da tia Marina, paguei duzentas graças e deixei que o tatuador chupasse meu mamilo esquerdo para desenhar um jota grená de henna na panturrilha daquela ali, ó. Ela não reagiu. Quer dizer... Jurou de morte a filha da puta que – ah, foi você, Is, que danadinha.

Deus tem sexo não, mas eu tenho, Ele que me deu. Me conta onde estoca esse tesão assim todo que me esquenta por Ele?

Não sopra vento que apague nem que espalhe o fogo que arde sem queimar, tá todo mundo vendo.

Não se cumprimentaram na chegada nem se despediram na saída do meu casamento. Pra que, né, abrandar um bocadinho a rivalidade, só no dia em que a sobrinha-barra-irmã carecia de apoio emocional e merecia ser paparicada feito imperatriz? Minha tia devia ter sido batizada Marina não pelo motivo dissolvido em mitologia familiar pelo qual de fato foi, mas em homenagem a uma santa careca do século cinco (ou oito, impossível distinguir ao certo) que se vestia de monge e engravidou uma camareira. Julia, por sua vez, devia enaltecer o nome que lhe cai divinamente; se eu gerisse a subprefeitura da Mooca, lhe concederia a prenda de rebatizar a rua Javari para rua Julia. Em vez de se lisonjear, ela chiaria dos onze quilômetros de trânsito daqui até o estádio.

O nomezinho de Deus não é Deus, mas ípsilon e dábliu escorados em agás. YHWH, quatro letras mudas. Pendurei cada uma em um deslembramento: não pronunciarás em vão.

Não pronuncio pela sena acumulada, nem sob mira de escopeta. Vai que...

III

A partir da desconversão, minha mãe deu de associar igreja à barbárie, e Deus à igreja. Até conferir o calendário, quem a ouvisse de orelhada rápida juraria que viemos ter a uma expedição turística pro ano da graça de 1376, fogueiras de queimar herege para todo lado.

– Se deus vai, eu não vou.

Eis a justificativa para cabular o casamento. Você acredita em instinto materno? No de quem? Saímos em caravana de cinco fazer o pedido. Não errei na conta: de cinco. Janus relutou em se empenhar mais pela mão da sogra que pela saliva da noiva, único injusto dos raros exageros que cometeu. Em seguida a um "único" desses, a gente diz "se não me falha a memória", porém a minha pode falhar à vontade; não é com memória que lembro, embora ninguém concorde.

– Arre... Para de graça.

– Vai lembrar com que agora, com gengiva?

Porque a bonitona proibia meu pai de subir pro apartamento que tomou dele, acabamos numa padaria escura, apinhada de atores em plena larica pós-ensaio, barulhenta que nem o mundo. Bufei, bati o pé, plequeplequeplequeplequeplequepleque, provavelmente salpiquei de baboseira minha carência. Como não? Mas só de baboseira; me policio para economizar em bobagem. Vai que amola alguém? Nunca vi servilismo igual em mim... Puxei pro meu pai, que se absteria da cerimônia se o empecilho fosse ele.

– O pai do Janus entra com ela.

Tia Marina chamejava. Os atores esfomeados se tornaram plateia quando socou a mesa, emitiram silêncio no ritmo certo. Impressionante... Pressenti que aplaudiriam no fim. De pé ou sentados? Me escapuliu esse detalhe.

– Vai tomar no cu, Rebeca.

– Tá?

– Vai tomar no meio. Do seu cu.

Tive ciúme do trauma – pertencia a quem, afinal? Janus e minha irmã contaram as sílabas como se as tirassem do bolso.

– Uma esmolinha, por caridade.

– Uma paroxítona arcaica que não cabe mais na senhora.

O Ministério do Ressentimento adverte, sinceridade produz teoria da conspiração. Admita declinar de um convite por preguiça e, em questão de horas, pululam intrigas: amantes de variadas seitas sexuais, envolvimento com o jogo do bicho, doença ilegal, dívida com a máfia russa, qualquer lorota, menos a confissão sincera da preguiçosa. Segundo as más línguas, o arranca-rabo entre tia Marina e Julia, a sobrinha pestilenta, sucedeu ora por ambas gananciarem fatias gulosas da herança da minha avó, ora por causa de pau compartilhado, maduro demais para uma, de menos para a outra, como se (matur)idade fosse documento. Segundo as boas línguas, também. Não, meu povo! Elas brigaram por causa de fu-te-bol. Verdade é mais difícil de aceitar que genro preto. Insinuaram, portanto, que Deus não passava de fachada; o problema era o noivo, só podia.

Ai, ai.

Idade não é documento. Tamanho? Pff.

CPF é documento. Minha mãe não desaprovava o Janus. Preferir que desaprovasse fez de mim uma pessoa ruim?

– Parece mais meu que você.

– Ainda bem que tô velha, senão roubava pra mim. Uh, se me devolvessem meus encantos…

Não liberava essas palavras só por ceder boca às próximas; ali sobrava afeto materno e de senhora que mal se conforma com ter sido encantadora. Recíproco? Não exatamente, até porque meu noivo não era encantador nem senhora. Mesmo assim, não demonstrava pouca afinidade eletiva pela sogra, o Janus. Ok, você que sabe; eu não teria superado "não sonhei casar a filha com preto mas". Parente dele que se dirija a mim nesse nível de desaforo, e eu (boa moça, flor de candura), agradeço (obrigada pelo "mas" sem vírgula) para, logo que estivermos a sós, dar um piti que resultará em nada.

– Manda peidar em poça de gasolina pra ver se pega fogo.

– Deixa... Ela não falou por mal.

Não mesmo. Adepta ferrenha da escola paulistana de insulto, teria sido menos incisiva. E daí?

– Olha, minha filha... Tá a fim de casar na igreja, imaculada aos olhos de deus e preservada do toque de homem? Avante. Respeito a sua escolha.

– Respeita nada. Senão, falava Deus, com maiúscula.

– Respeito, sim, senhora. Wohhh.

Se tivesse bocejado de tédio, fazer o quê? Mas bocejou de cansaço. Imperdoável.

– Respeito, sim, senhora. Você respeita a minha?

A etiqueta social prescreve ignorarmos que seres humanos vêm e veem em cores diferentes. Para quem nasceu, sei lá, até 2013, ou até dois mil e Revolução Cristiana, preto e branco colorem almas, não a pele. Minha avó teve um namoradinho de puberdade negro em Itu que calhou de, adulto, diplomado e ainda negro, me dar aula de redação na Vila Leopoldina. Figura incrível. Me ensinou que a diferença entre fato e interpretação é gramática pura. Punha título em toda aula: gêneros textuais ou por que a polícia não bate em rico, colocação pronominal ou como aplicar o golpe do baú. Inspirada por ele, troquei vontade de ser arquiteta por vocação de ensinar. Se eu observasse que, além do Ailton, não tive professor negro ao longo da carreira acadêmica, do ensino infantil até o doutorado, se me indagasse que tipo de discriminação ele deveria ter sofrido, minha avó esbravejava.

– De onde você tirou que o Ailton é preto?

– Um homem daquele... Cavalheiro, poliglota, cheiroso...

– Mais branco que a gente.

Para a minha avó, preto não significa a cor da pele do Ailton (onde já se viu?), sim grosseria, ignorância, subnutrição, pouco zelo por cumprir a lei. Não chegou a conhecer o Janus, mas boto fé que não toleraria que o rotulassem de negro. Aliás, impossível que, em dezoito anos de casada, eu não tenha escutado ninguém sem laço genético com um de nós dois explicitar-lhe a cor da pele, porém, se escutei, não guardo lembrança.

Mencionar cores carrega uma conotação meio vulgar, já reparou? A mídia hesita até hoje em reconhecer o presidente Gonzalo como *negro*. Entre os apoiadores, nunquinha da silva: "moreno", "café com leite", "bronzeado" e uma pletora de eufemismos incolores. Lexicógrafos que se inflijam o trabalho de elaborar um *Dicionário igualitário de floreios e atenuantes étnico-raciais da língua brasileira* se defrontarão com um verbete tormentoso, de vinte páginas duplas: *preto, s.m.* (e nem entro no mérito de *preta, s.f.*). Minha mãe, por exemplo, se apropriava do breu da noite como escala de negritude.

– Meu genro não é negro.

– Ele é tipo sete e meia. Oito e vinte no fuso horário do Rio.

– Negro, negro retinto, das dez em diante.

Acredite: sinaliza estima pelo genro. Sem estima, seria negro, sim, ô se seria, e moça de família não é pro teu bico, malandro. No começo, antes de conhecê-lo fora das fotos, se lançou à caça de defeitos in: visíveis e coerentes: posto que criticá-lo desprotegida pelo prefixo caracteriza crime in: afiançável: e quem aprendeu prefixos não combina com cadeia.

– Esse rapaz é um vida mansa! Trata todo mundo igual empregada.

– Depende do pai até pra calçar chinelo, não sabe quanto custa subornar um guarda de trânsito.

Que nem repentista, a D. Rebeca, taque-taquetaque-taque-taque-tatatá. Discorrendo sobre negros que não lhe esfregavam a mão na filha, conservava a entonação de passarinho sem fome e hasteava a bandeira da igualdade racial.

Não facilitei; me fingi de surda. Insistiu. Me fingi de tonta. Aceitou minha tontice. A partir daí, cada rodada de agravo parte de negação da indecência por vir.

– Não sou racista...

– Não tenho nada contra...

Nada cobre melhor que paradoxo a guarda de quem desmerece filho de Deus. Veja, a técnica básica para transformar indício de crime em opinião de superprotetora tem segredo nenhum: basta empregar a conjunção “mas” como ponto final adversativo; ameniza os riscos de qualquer frase seguinte, caso se faça necessário (nunca se sabe) atestar em juízo que não passou de um comentariozinho ingênuo, meritíssima, nada sério, imagina...

– Não sou racista mas

– Não tenho nada contra mas

– Não sonhei casar a filha com preto mas

Como quem dissesse que não sonhou casar a filha com argentino... Tanto faz argentino ou campineiro. A gente tripudia em cima daquela corja de boludo maradonista, pergunta por que eles não andam a la concha de la madre, mas de zoeira, de revanche carinhosa por nos cutucarem o orgulho gastronômico e a soberba futebolística. E vice-versa: longe de bodegas e canchas, jamais nos chamariam de macaquitos.

Além disso, sonho não é parâmetro. Que mãe não sonha casar a filha com um príncipe? Culpa da minha que, nas monarquias contemporâneas, tenha sobrado príncipe de uma cor só? E, cá pra nós, se ela admite incômodo, menos mal; incomoda, não perturba. Pro andamento do meu noivado, pior se dissesse "a decisão é sua".

Um dia (bordei a data no forro das minhas bolsas, e ela identificou ali, de ouvido, verso alexandrino: vin/te/d'a/gos/to/de/tá/tá/tá/tá/tá/tá), minha mãe não perdeu o preconceito, mas a implicância sumiu de repente, com tudo que de repente demanda, só não fez pluft. Se houve cicatriz que justificasse a mudança, esconderam de mim.

– Esse moço gosta de você.

– Gosta...

– Mas você não percebe.

– Como não percebo?

– Escuta a sua mãe.

Não foi por causa do Janus que ela não compareceu. Ao

contrário do que vociferei um sem-número de vezes depois que participou do religioso da Julia com o cretino do Carlos: nem por causa de mim. Deus consegue ser insuportável, reconheço.

A conversa na padoca só se concluiria em paz caso os tecnólogos já tivessem concebido viagem intrapessoal. Se eu estivesse curtindo férias em consciência alheia e aparecesse, digamos, transfigurada em Amélia Von Trauren, que nunca ouviu falar ni mim, e se, para não ferir meu orgulho, claro, mas também por requinte de simetria, minha mãe despisse a personalidade circunscrita ao nome Rebeca Rubens e me abordasse na condição de Zelda Francesca de Camargo e Medeiros, baronesa das terras metálicas do principado de Sealand, aí talvez, *talvez*, pudéssemos chegar a um meio-termo. Que péssimo, ocupar uma época em que inexiste a tecnologia na qual a gente se escora para ser feliz! Minha mãe pechinchou: iria na festa "laica" em troca de reputação de complacente.

– Não precisa ir em lugar nenhum.

– Até puxo brinde, falo que você é um pedacinho de mim... Pegar ou largar.

– Esquece. Que eu. Existo.

Não suplique. Levantei, não suplique, e saí. Nem mãos nem vozes se ergueram em obstáculo; quinas e ombros, sim, mas não levei pro lado pessoal. Empatia: eu não agiria diferente se tivesse nascido quina. Janus veio atrás. Demorou uns cinco minutos em relação ao que eu, se balangasse no meio das pernas uma única bola, acharia digno da minha futura esposa.

IV

Entra em cena o autor e pede, por gentileza, um capitulozinho da sua atenção. Aham, o autor. Bem sei que metalinguagem anda fora de moda que nem pochete, li o que os críticos prognosticaram, em campanha contra a imaginação, sobre "fome de real" e sobre a "vocação do nosso tempo" para relatar verdades documentais. Seja lá qual tempo nos pertença, defender realidade através de metáforas (tempo real não tem vocação, fome real é só de alimento) já deixou de ser contraditório? Apesar da ironia da frase anterior, concordo com o grosso do pensamento dos militantes da cruzada antifantasia, mas alguns detalhes do contexto histórico-social deste romance demandam esclarecimentos, devido, justamente, à sua natureza imaginativa-barra-fantasiosa, e a narradora, após reunião comigo a portas batidas, declarou-se pouco competente para prestá-los. Então, cá estou.

Prometo fazer o possível para neutralizar o potencial de chatice deste capítulo. Se serve de consolo, capítulo necessário. Daqui não dá para ver em que ano você se encontra. Houve um tempo (por que não o seu?) em que a igreja se bastava para legitimar matrimônio. Lembra de *Romeu e Julieta*? Padre, noivos e o Shakespeare: pronto. Mudou, e não é de hoje.

Em 2013, a governadora Édipa Guimarães legalizou por decreto o casamento gay, na época conhecido como "união homoafetiva", apesar dos plebiscitos em que 80% da população adulta e 95% das crianças e adolescentes se manifestavam contra. Ato contínuo, cidadãs e cidadoas de classe média alta e ficha criminal escorreita, que até então abominavam protestos de rua (quem luta por direitos é vagabundo; se não fosse, já teria os direitos que reclama), marcharam em grupos de centenas de milhares até o jardim do Palácio dos Bandeirantes e até o Anhangabaú da prefeitura, na intenção de depor as líderes que haviam eleito dois anos e meio antes com base em temores caducos da Primeira Guerra Fria (os comunistas vão invadir sua casa se você votar no Capestrano) e a custo de cortar laços com facções inteiras da família por diatribe de churrasco. A frase anterior não assusta; pelo contrário, se desenrola sem extravasar as próprias linhas, de forma (se me permitem a bondade de quem lê e a arrogância de quem escrevo) melodiosa, o que em nada condiz com o movimento sociopolítico que relata. As marchas duraram um mês inteiro de frege e contrafrege, o de junho, e causaram 127 mortes para cada lado. Nada me dissuade que junho daria o mês do meio caso o ano abdicasse de ser par.

A mídia estrangeira apelidou aquela inconfidência de *Marmita Revolution*, alusão às quentinhas que as manifestantes almoçavam e jantavam durante o cerco às sedes do poder público, vira e mexe trazidas pelas respectivas domésticas, pois os entregadores de ofício dos restaurantes de áreas gourmet, onde moram a maioria das guerrilheiras, se recusavam a cruzar a linha de frente, arriscando o pescoço a uma bala perdida e o lombo a cacete da polícia, porque "homem com homem comete torpeza" (Romanos 1:27). Os jornalistas locais, ao menos os que tinham rosto e tórax na TV ou os que sabiam usar "de cujo" em colunas de opinião, receberam por fora mimos e ameaças para ignorar o escândalo manobrado pelos colegas da gringolândia e o próprio senso crítico. Referenciaram os eventos como *Levante da família*; achei tanta graça que deu vontade de voltar a fazer comédia stand-up.

– Ué, por que não voltou?

– Por preguiça. Mas é feio admitir, então espalhei que foi por medo, amarelei.

– Oxe! Nem tinha o Comando de Caça aos Engraçadinhos naquela época. Medo de quê?

– De ofender uma galera que se engancha em bolsa Luís Vitão cheia de coquetel molotov.

Vitória governista no campo de batalha. E com uso de violência inferior ao que as circunstâncias escusavam. Placar: 127 a 31. No entanto, as vencidas não alçaram bandeira branca antes de cuspir uma condição inegociável: que o número de baixas se igualasse. Dito e feito. Noventa e seis policiais militares, sorteados ao acaso (não pela patente nem por tempo de serviço nem por grau de periculosidade), padeceram execução por atropelamento na Praça do Relógio para arredondar as contas. Evaristo e Rebeca compareceram a pedido dela. Foram embora a pedido dele, quando o creque de pneu partindo ossos superou o rugido dos motores, o êxtase da plateia ordeira e virtuosa. Eram o casal modelo dos conhecidos, viraram os pais da Isis, nossa narradora, e a criaram na observância do amor ao próximo.

– Igual ao papai...

– Diferente de mim...

O povo, o povão mesmo, a ralé que não tem acesso a esgoto tratado e que morre em fila de hospital por falta de seringa, você acha que essa gente dá a mínima se um monte de madame da Vila Olímpia se estrepa? Por que, então, diante da indiferença da opinião pública, a prefeita renunciou com o rabo debaixo do braço, e por que, 79 minutos após a renúncia da desafeta, a governadora se suicidou por método irrevelável? Consultar o mapa astral de ambas não ocorreu às comentadoras profissionais de política. Todas se dedicaram repetitivamente à pergunta que gerava maior potencial de especulação, portanto maior audiência: quem assume essa pinoia?

– Até agora, como tá o capítulo? Cansativo?

– Peço perdão... Não me culpe porque o nosso tempo parou de fluir em linha reta para se empilhar em blocos. Se o seu tempo não tiver formato de edifício residencial, deixar de esclarecer em que piso me encontro pode gerar mal-entendidos iguais a Jesus, sérios e cabeludos.

Depende da pinoia. A prefeitura iria para a candidata derrotada no segundo turno das eleições municipais, Glande Mankevitsz, enquanto o governo do estado caberia ao representante de Ésse-pê no parlamento italiano: uma recusa, o outro se lasca, ninguém assume. A Sra. Glande Mankevitsz publicou carta às inimigas, desprovida de pontuação, no *Correio Paulistano*; compor governo macularia seu currículo e trairia a missão histórica do Partido Retro-Comunista (PRetro). Trata-se do último furo midiático a circular em papel na capital mundial da poça d'água antes de cair nas redes. No dia seguinte, não acredite em coincidência, o Supremo Tribunal Federal vetou que o Sr. Massimo Fragoso, eleito com 115 votos para representar São Paulo no Palazzo Montecitorio, regressasse de Roma para se empossar governador, devido (ou graças?) a uma denúncia anônima de violência sexual contra não se sabe quem. Tá certo. Suspeito não é necessariamente culpado, mas e daí? Ninguém curte suspeito.

Agosto, nessa toada, escorreu inteiro sem bunda nas cadeiras autoritárias. Entidades ligadas às cinco classes sociais, lideranças e rebanhos das duas religiões, punks no pelotão dos neonazistas, integralistas na ala dos pagodeiros, terroristas ateus: várias tribos incombináveis tomaram a Avenida Paulista e caminharam lado a lado por três domingos consecutivos quase sem incidentes, quase sem quase. A única torcida organizada que não aderiu à chamada Massaroca foi a do Clube Atlético Juventus.

– Que-re-mos ordem!

– Que-re-mos ordem!

Muito se tagarelou nos cursos de humanas e de artes quanto a "ordem" significar "organização" ou "receber ordem". As revoltosas de primeira hora, via de regra mães de abastadas famílias, mal se recordavam do motivo que as levaram a pegar em armas (podia ser tanta coisa: taxação de pequenas fortunas, o projeto de investimento desproporcional em educação pública, legalização do casamento gay, a quantidade de pobre atulhando os aeroportos).

Apesar da rendição, não assimilaram de imediato o fim da Marmita Revolution. Ainda dormiam nas trincheiras semanas depois do cessar-fogo, imagine em que estado deixaram o trânsito. Ganhamos? Mas o quê? E de quem? Aos poucos, por saudade dos filhos ou por falta de alvo em movimento em quem atirar, readquiriram a personalidade corriqueira, a do "leva um casaquinho"; começaram se repreendendo umas às outras por ter protagonizado guerra civil de inverno em vez de trabalhar num rigor alucinante para se distrair da insatisfação com filhos e cônjuge, de quem sentiam saudade por dever.

– A gente não tinha se rendido?

– Desde quando quem ganha se mata?

Preocupadas com babás funkeiras e sertanejas dormindo com crianças em cima de camas, voltaram para casa e pros afazeres que de casa afastam.

O presidente da república, em respeito (e temente) à autonomia de São Paulo, enviou de Brasília a Força Nacional de Segurança, nomeou prefeito e governador biônicos para cobrir o buraco administrativo aberto pelo Levante da Família. As semelhanças com o período da ditadura empresarial-militar (requisitada pelo imperador de Washigton-DC em 1964, estendida pela soldadesca em 1969, exaurida pelos magnatas em 1985) levaram frequentadores de boteco e de redações a intermináveis debates sobre os limites da democracia versus o que constitui regime ditatorial.

– Parem por aí, semelhanças.

– Pelo menos por enquanto.

Governador e prefeito interinos trocaram faróis quebrados e o caimento do uniforme da Guarda Civil Metropolitana. Deselegante dizer que também trocaram de cueca, mas só quando coçava, porque soldado em missão não se vexa com cheiro? Sim, mas por que não me permitir alguma deselegância?

Outubro de 2014 (em reação ao Levante ou em consequência dele, nunca chegaremos a um consenso), elege-se presidente pelo Partido Raio Vívido (PRV) o Sr. Gonzalo Gutenberg, baiano, 67 anos, ex-prefeito de Salvador, fanático pelo Galícia Esporte Clube. Durante a campanha, negou a cor da própria pele com a veemência populista de que se valeu para refutar a pecha de extrema-direita. Sob seu comando, costumes e instituições sofreram reformas expressivas: legalização da cafetinagem, distribuição de auxílio para malandro, criação da Polícia dos Bons Modos, e por aí vai...

Os manuais escolares indicam a eleição do primeiro presidente negro como sequela das jornadas de junho e marco inicial da Revolução Cristiana; quem não põe isso na prova de história erra, e dá-lhe canetada vermelha. Vale lembrar, contudo, que o advento do Cristianitismo é *posterior* ao impeachment do presidente Gutenberg, atraiçoado pela vice, Sra. Alberta Scatolini, do Partido Negação da Negação (PNN), de extrema-esquerda. O pincel dela assinou o ato que repartiu irmãmente os três poderes entre a dupla de povos fundadores da nação: judiciário conferido aos evangélicos; legislativo, aos católicos. Em nome da neutralidade, o executivo deve se mostrar laico *de facto*, não religioso encoberto, como pregava a Constituição de 1988, queimada em culto ecumênico na catedral de Brasília, substituída pelas Tábuas Cristianas.

O poder moderador, instaurado pelas Tábuas, reside na figura do Guia de Luz, cargo exercido desde sua criação até hoje pelo médium Ariano Alighieri, que adotou o nome de comando Clemente Edir Xavier. Deu para entender? Com esse background, um casório perde menos sem padre ou sem pastor que sem a mãe da noiva. Não tô dando pitaco; assista aos vídeos do Dom Clemente.

– Se não chamam sacerdote, privam-se de uma ponte com Deus. Se não chamam a mãe da noiva, a ponte não tem sustentação.

– Por quê, meus irmãos e minhas irmãs? Porque a mãe da noiva é a autoridade moral do casamento. Intimida o noivo. Encurta a rédea ao sacerdote, alonga-lhe a barra da batina.

Por isso, não tiro a razão da Isis por ter surtado com a ausência da mãe dela, nem tiro a razão dos futriqueiros que se indignaram.

Pronto, acabou. Vou devolver a narrativa a quem de direito. E aí, quebrou o galho? Foi o que deu para fazer... Se ficou tão chato quanto podia, espero que você seja madura o suficiente para não pautar suas leituras por divertimento ou despachada o suficiente para não precisar de cenas picantes e enredos rocambolescos para se entreter.

– Não sou palhaço.

– Não vim aqui pra te divertir.

V

Espantoso que eu me flagre, um filho vivo e uma mudança de cidade depois, ruminando amarguras da festa de casamento, feito bovina de pasto metafísico? Não. Me espanto mesmo assim. No mínimo, me surpreendo. Com que frequência ocorrem esses flashbacks?

– Você não guardou o remorso no sótão?

– Onde?

– No sótão... Embaixo da louça bonita que dá dó de sujar?

– Acho que tá lá, sim. Mas não fui eu que guardei.

– Nem eu.

– Que estranho... Quem mais tem acesso ao meu remorso?

– Quer que eu pegue lá?

– Não é hora de ter acordado.

– Dorme de novo.

– Irritada demais para voltar pro quarto.

– Dorme aqui.

– Irritada demais pra aceitar liberdade de louca.

Isso que dá consumir filme e série dos Estados Unidos no grau de identificação em que consumo futebol da Mooca, a gente crê em sótão sem jamais ter visto um. Daqui a pouco, vou me lembrar de brinquedos que comprei com o dinheiro que meus pais me davam para tirar a neve da porta de casa.

À boca miúda, apontaram minha barriga, bichanavam que a mãe da noiva se aquartelou em casa em protesto mudo àquela sem-vergonhice. Claro... Como se minha mãe fosse de mudez! Bando de cobras. Eu era magra e virgem, consumei o casamento na terceira noite da lua de mel. Janus tinha experiência, não digo pequena porque comparo comigo (e, comparado a nada, um não é questão de grande ou pequena, mas de patamar).

Namorou antes de mim, comeu a moçoila. Pior, armou sozinho planos de envelhecerem juntos e se iludiu de tal maneira que o coração não se lhe partiu em estilhaços dentro do peito ao receber o informe de que a mimosa se mudaria indomada pro exterior – apenas ao se notar desdenhado por áudio e vídeo, direto de Dublin. Janus não se entregou a ela por perdição, nem eu me preservei até ele por carolice; ninguém acredita, especialmente na segunda parte. Dane-se. Não vou deturpar a verdade para que pareça verdade.

Quem dá valor ao que não tem preço? Ninguém, sejamos francas. Tá, com exceção de monja budista e uma ou duas professoras de escola pública. Destaco o ene em fra*n*cas; conservei o hímen para oferecer de isca, mais que em prêmio.

– Não vou de graça.

– E olha bem pra mim...

– Nem tenta me dobrar com joia, spa ou viagem.

Custei seis anos de castidade, contados à risca. Pena que ampulheta saiu de moda. Pedi pro meu padrinho uma garantia de pureza. Advogado comum teria me informado da obrigatoriedade da multa em caso de descumprimento, quebra, adulteração ou queima acidental do contrato – meu padrinho, não. Ele me lembrava do que eu nunca soube; considerava rude informar, artimanha de jornalista aprendiz, baixaria de livro didático lavador de cérebro de criança, quimera de panfleto dos Hare Krishna. Janus recusou a multa.

– Nem um tostão.

– É a lei...

– Dinheiro, de você, nem moeda da sorte.

Falava como quem experimentou a época em que se romantizava apego sem regulamentação financeira, mas deixou de ser um mês mais novo que eu (vinte e oito dias, por amor à minudência) faz um ano. Achei galante, permiti que recusasse a multa. Meu padrinho se corrigiu. Porque era comigo; com cliente banal, teria zarpado, pastinha cheia de petições e receitas de quitutes em punho. Terceiros podiam corrigi-lo, segundos não sofreriam represália dependendo da posição do Juve na tabela ou da sensação térmica (acima de vinte e cinco graus, não respondo por mim... o Congresso devia inserir condição climática no artigo sessenta e cinco como circunstância atenuante de pena), corrigir a si mesmo, porém, era embaraçoso. Entendo. Pode me corrigir se facilitar, dindo.

– A lei não permite que você permita.

– Não se lavra contrato desse teor sem indenização.

Cantei uma cifra impagável, ainda que eu vendesse órgãos na deep web a preço de armas, prova de confiança de que o Janus não me cobraria. Nada feito: a "vestal" (eu, em juridiquês) precisa depositar a caução, em títulos da eucaristia pública, junto com uma ampola de cinco mililitros de suor do rosto (respaldo bíblico, Gênesis 3:19) como símbolo de ter trabalhado pelo que agora empenha, vetada a contribuição de sogros, pais, benfeitores e afins. A quantia de que eu dispunha não se acha na rua; no entanto, era uma merreca para comprar seis anos de genitália.

– Se tudo corre nos conformes, os juros ficam pra você.

– E o aporte?

– Pro governo.

Preenchi a lacuna na frente de "reparação" e quase desisti por vergonha do montante, meros cinco dígitos. Janus supôs que zombar do número me consolaria. Por que as linhas de assinar não são mais pontilhadas?

Absurdo não termos foto daquele momento, no cartório, vestidos de casal. Janus rabiscou ao lado da minha firma reconhecida, hipotecando a privacidade enquanto vigorasse o contrato: instalou aplicativo que grava e transmite conversa em tempo real, teve que salvar histórico de navegação inalterável da internet e do carro, apresentava, todo dia 31, relatório registrado por tabelião, conectou o GPS do telefone ao meu, não protestaria contra chamada ou visita em horário inconveniente nem contra vigilância que não constasse dos documentos.

– Não, essa cláusula não tem obrigatoriedade legal. Eu que requeri.

Emoldurei uma cópia do acordo, que estaria pendurado ali na parede mesmo se não tivesse sido cumprido e se convertesse em relíquia de um fracasso, pois se trata da última peça do meu padrinho, cuja doçura transparece até em prática forense. Escolheu a epígrafe e traçou de próprio punho, em caligrafia de solteirona do século XIX: "seis anos de pastor Janus servia". Não ridicava nada, só clareza: para que assinar Robert de Melo? O sobrenome dele era Silva.

– Mistério...

Espera! E se ele não ridicava nada, absolutamente nada? Aquilo era resposta, não esquivança. Assinava errado para fazer... mistério?

– Que diferença faz? Que diferença fez?

– Tire essa impaciência das costas do seu padrinho, menina.

Mas pode assinar documento com nome alternativo? Ninguém me arranca de trás da orelha que o de batismo é Melo. E Silva, de guerra? Artístico? Nos campos minados de qual arte ele batalhou, nos editais de qual guerra?

O primeiro beijo, não o saboreamos durante o jantar de oficialização do noivado; Janus prometeu não expormos o motivo. Trouxe anel, pai, mãe, testemunhas, e nenhum desses itens veio na caixinha. Ajoelhou para fazer o pedido pro sogro, declamou poema melequento. Ops, caiu.

– Você teve que procurar a aliança embaixo da mesa, a-li-an--ça, não a sua compostura.

Trocamos de aniversário de relacionamento. Até então, usávamos a data em que nos conhecemos. Cadastrei como senha na biblioteca da faculdade e no aplicativo de investimentos, só que digitei 2710 em vez de 2810. Acidente, não errei de propósito, para redobrar o sigilo, mas ninguém descobriria minha senha, nem se eu contasse, pois só assumi o erro ao atualizá-la; sob tortura, eu repetiria 2810, para incredulidade dos torturadores. Atualizo senhas movida por ataques de decepção, não para reforçar a segurança.

– Qual aniversário cadastrei, o velho ou o novo?

– Que paire no ar. O capitalismo quase não oferece brecha pra que a gente use ambiguidade que nem desodorante. Aproveita, no sovaco.

– Posso pôr só um dedinho atrás da orelha?

– Não. No sovaco.

De início sob proteção, em seguida sob ameaça da Justiça, instalei programa de espionagem em todos os gadgets do meu namorado > prometido > noivo. Nos da mãe dele também... Aí que proteção virou ameaça. O que cruzasse a tela de ambos, a Jeanne clonava; não lhes revirei o inconsciente por falta de engenharia. Jeanne é meu computador, Jeanne Beaumont. Quase não me vali de detetiva particular porque uma de agência ganha por dia o que eu ganhava por mês naqueles primórdios de professora de ensino médio.

– Você conhece duas pessoas que não te negariam esse agrado.

– Aham, mas e a vergonha de pedir, faço o que com ela?

– Eles não propuseram?

Me limitei a meus parcos recursos. Pesquisei doenças de gravidade controlável, incômodas ou contagiosas o bastante para me propiciar dispensa das aulas uma vez por bimestre e – ao encalço! Se o Janus se encontrasse onde o GPS marcava (não perdi uma viagem, ai dele), eu vagamundeava pelas Vilas: Madalena, Romana, Leopoldina.

Terapeutas, familiares e educadoras me convenceram desde pequena que minhas perninhas não se prestavam a esporte, não aguentariam grandes andanças. Fiz bem em acreditar, não aguentam mesmo; isso não quer dizer que as adultas precisavam ter me protegido de passear a pé. Patrulhando o Janus, percebi que andar devagar, ainda que por período consideravelmente longo, não dói. Tomei posse das minhas pernas pela primeira vez na história da ortopedia.

Infelizmente, parei com o tour das Vilas por causa de uma gafe no Shopping Humaitá (de agora em diante, confira o marido, abraço, bora para casa, de carro e por ruas laterais). Reconheci duas adolescentas de mochila rosa.

– Matando aula…

– …

– Bonito, hein?

– Aula da senhora, professora.

Às alunas que se divertem matando aula, aconselho que se transformem em ensinadoras. Suicidar aula é mil vezes mais intenso que matar.

No rastro do Janus, temi que, se mesmice estragasse a saúde, ele não cumpriria vivo o prazo da garantia de pureza: casa-faculdade, faculdade-casa, almoço sem variação de menu, aí casa-trabalho, trabalho-casa, academia no meio da semana, curso de alemão empresarial aos sábados, missa para jovens executivos domingo.

– Eu teria vomitado de marasmo.

Não se abria a museu, não frequentava parque nem cortesã, foge de teatro, nunca palmilhou as terras do Centrão, caga de medo de mendigo, não come fora, não proseava com os camaradas, tampouco intimidava adversários, não torce para time de futebol nem para partido político, não leria sequer a Bíblia se Deus não o coagisse. Perdi o interesse nele e na ideia de relacionamento homem-mulher em geral.

Me entreguei com ardor e com todos os meus orifícios ao mestrado em grego arcaico. Não me peça para explicar o hino homérico a Afrodite; ainda bem que paulistano tradicional tem orgulho da ignorância, então quase ninguém pede. Dediquei à pesquisa mais tempo do que todo o livre: noites em claro, refeições intocadas, Janus relegado a ligações de vídeo (aham, aham, sério?, aham). Até pulei um banho aqui, outro ali, para consultar a bibliografia, escrever premissas elegantes, me afligir com conclusões chochas.

No penúltimo ano da delonga, liberta da dissertação (defendida sem louvor, aprovada com), cobicei tudo que tivesse cromossomo Y e me dirigisse a palavra por 33 ou mais segundos, do meu orientador (velho, ca(n)sado, babão) ao porteiro do prédio (feio, solteiro não só de mulher, pobre), passando pelo padre confessor (São Clichê, padroeiro do sexo, orai por nós), sem contar o demente do bairro (quê?!), um sem-teto de paletó, calça de sarja e top tomara que caia, que empurrava um carrinho de supermercado no meio da rua, perseguia as com-teto sussurrando "eu tô morrendo, eu tô morrendo" e tava mesmo. Dos quatro, o porteiro percebeu. E não se fez de desentendido, o tarado. Perguntei a Deus se essa confissão, só essa, por favor, eu podia negar ao padre.

– O que você acha, Minha filha?

– Que confissão é a casa da mãe Joana?

– Vai lá, fala que quer dar e cumpre a penitência.

No ano cinco, Janus sucumbiu – umas 210 semanas para além do otimismo, parabéns. Àquela altura, eu já dependia dele, perdidinha; roía as unhas pintadas de verde se ele demorasse no banheiro depois da melodia da descarga.

– Putz.

– Que Cupido te flechou?

Explicação é mãe da mentira, e a gente sabe quem é o pai. Aconteceu, pronto. Se ele tivesse abaixado as calças de um supetão bem grosso e exigido "chupa agora ou acabou", eu teria ajoelhado antes de "ou", garganta, pra que te quero? Em vez disso, me cobrou tolerância: que eu autorizasse pornografia e (linguajar dele) onanismo.

– O nanismo?

– Tipo... Transar com anão?

Se continuo procrastinando, o trabalho de hoje vai empacar. Aí, encasqueto que me abalei porque minha mãe morreu ontem à noite. Da igreja para a festa, Janus rasgou a garantia de pureza e jogou os pedaços pela janela do carro de colecionador, do qual fiz questão de não memorizar a marca. Às vezes, me pergunto de onde ele tira aptidão pro melodrama.

– Não vai confirmar se eu honrei a minha palavra?

– E você, honrou a sua?

Ainda que coubesse em mim mais obsessão com que sufocá-lo, eu não conseguiria garantir. Rasgar cópia de contrato não invalida registro em cartório. Tá achando que eu sou de quem?

Caso tenha marafoneado por aí, suou tanto para cobrir as escapadas que mereceu me enganar. A privacidade lhe foi restituída sem um arranhão, nunca mais bisbilhotei. Se quiser trair, que traia a própria consciência, não a mim.

VI

Até o casamento, timidez me aleijava. Eu mal conseguia, por vergonha da balconista, penetrar em estabelecimento comercial para pedir uma lapiseira, uma calça jeans 36, por favor, um espresso e um sorvete de maracujá diet. A pergunta de entrada me paralisava.

– O que a senhora deseja?

Afe Maria, quanto peso. O que eu desejo?! Como se desse para responder de bate-pronto… E, se desse, quem vê pensa que vou anunciar assim, em público, entre mercadorias, que desejo que gozem no meu cabelo, enforcar um filhote de coala, que a morte me agarre logo pelo cangote, foiçuda. A alternativa, tão pesada quanto, me erotizava menos.

– Posso ajudar?

A resposta certa, “bem que eu gostaria que pudesse, mas o fardo metafísico de ter nascido é intransferível”, assustaria a coitada atrás do balcão ou da bandeja. Ninguém tem tesão por ajuda?

Bizarro que, sempre que falo sobre fobia de loja, preciso quase brigar para que alguém que supostamente me respeita entenda: se caiu tempestade num copo d´água, não fui eu que derramei, não tenho o poder. Assimile, não estou choramingando que as perguntas de lojistas e garçonetes me punham de mau humor ou amuada. O buraco é mais em cima, e não me restrinjo às fronteiras da minha pele. Mais de uma vez, saí às carreiras, para estupefação das atendentes, que suspendiam o respiro em meio de frase, gritavam às minhas costas “moça, moça, volta aqui”. Ao contrário do que rezam os causos sobre mim, não sou viciada em tristeza; quem dera cessassem cá dentro os faniquitos. A pior das perguntas labirinto, no entanto, não é comum no atacado nem no varejo.

– Quem é você?

Cospem essa joça quando querem nome, idade, profissão de alguém. Por que raios, então, não perguntam qual o seu nome, que que cê faz da vida? Escuto o que me falam, não o que querem saber: “quem é você?” para mim significa “defina-te ou te devoro”. Em sociedade minimamente saudável, constranger alguém a isso devia ser passível de multa. A corruptela sem o “você” não amedronta menos.

– Quem é?

– Eu.

– Quem é?

– Eeeeu.

– Quem é?

– O frio.

Não posso ser meu nome, compartilhado com tantas que agem em nome próprio quando sujam o nosso; idade aumenta de ano em ano e nunca acompanhou a lentidão do amadurecimento, a rapidez da velhice. Em resposta a "quem é você?", já cogitei apontar para minha presença física ocupando espaço, mas quão minha de fato será essa carcaça que me encarcera? Não há posse sem conquista, e esse corpo me deram de mão beijada.

Quanto ao quefazer, até onde os que exerci e o que exerço me distinguem? Lecionei pro ensino médio igual encanadora executa o dever que lhe cabe, na intenção de aliviar minimamente a carga de quem me contratou, na esperança de receber meu ordenado em dia, sem descontos. Em junhos neblinosos, espreguiçamos na mesma pasmaceira friorenta, a encanadora e eu, ambas abraçadas pela mesma relutância a vagarmos descobertas pelo edredom; o sol, bola branca atrás duma cortina de névoa, não celebra bodas mais a lua. Concordo que as minhas adolescentas e as tubulações da encanadora têm suas particularidades, porém a diferença é entre debutantes e canos, não entre nós duas. Como não adotei pet (o Janus engasga de alergia), se sobrar amor no fim do mês, até amo o que faço.

Concluí mestrado e doutorado na marra, chorei até ficar com dó de quem me ouviu. Tomei remédio para ansiedade, fui na benzedeira para depressão.

– Que desistir o quê?

– Você nasceu pra isso…

Nasci mesmo, não nego. A pesquisa me encantou, as aulas me amadureceram, conheci gente fascinante (a primeira mulher tradutora da Bíblia direto do grego; a Bia Kowalski, minha afilhada de casamento, amiga de dividir pipoca no cinema até hoje; a sobrinha do Vicente Conrado). Lembra do Vicente Conrado, ator pornô? Colegas de departamento, um chileno e um italiano (cada um de uma vez), queriam porque queriam que eu pulasse a cerca, até tentaram. Mas a universidade precisava me castigar com título no final? "Professora mestra", depois "professora doutora". O que diria o meu Deus de Israel desses novos nomes com que a reitora da USP me batizaria em religião pagã, semilaica? Nada. No entanto, o silêncio não me tranquilizou; previsível que Ele não dissesse nada por benevolência ou por preocupações menos fúteis com que lidar (a data de validade da galáxia, por exemplo). Nome novo muda nomeadora e nomeada; faça o teste, chame um grampeador de brickles por 40 anos a fio e veja o que acontece com você e com ele.

– Viu?

– Tenebroso.

– Me chamar de professora doutora é que nem chamar grampeador de brickles.

Não abandonei o mestrado porque minha mãe não deixou e o doutorado porque mandou meu pai não deixar, imperatória.

– Não reproduzi por brotamento, Evaristo.

– É sua filha também. Manifeste-se.

Os títulos acadêmicos me encabulavam (símbolo de obediência, o mais próximo de usar coleira que me impuseram, pro meu desgosto), mas não foi a primeira nem a segunda nem a octogésima oitava nódoa na minha biografia da qual tirei vantagem.

Prestei concurso público em Campinas, me aprovaram no topo da lista. Me cobri de louros? Aham. Debochei das candidatas derrotadas? Também – ora, ora. Lua em Áries, competitiva... Se orgulho anulasse vergonha, ótimo, mas não anula. E, quando alguém te nega a resposta padrão para "quem é você?", vire para a irmã de almas mais próxima e repergunte "quem é essa daí?". Me premiaram com vaga de emprego pelo concurso vencido (não, não, não); se eu aceitasse (como assim "se"? Que tipo de débil recusa prêmio?), provável que a irmã de almas respondesse "professora de grego da Unicamp".

– Se você recusa sem motivo, peço divórcio.

– Te interno no Juqueri[1].

Aceitei. Nem toda brincadeira indignada é blefe. Ontem, jantando com a Bia no Seráfita, lá em Pinheiros, reparei num descabelado de terno laranja se empanturrando sozinho dum rodízio de carne praticamente crua a mesas de distância. Bia, aquele ali sou eu, não é? Era.

– E aí, o que se faz numa situação dessas? Qual é o protocolo?

1 Por decreto do presidente da República Cristiana do Brasil, Sr. Gonzalo Rose de Gutenberg, o Hospital Psiquiátrico do Juqueri (fundado em 1898 como "asilo de dementes", convertido em "abrigo compulsório" para indigente pinel em 1981, sediado em Franco da Rocha, São Paulo) torna-se centro de detenção para esposas detratoras de casamento, experiência pioneira na América Latina. (Nota do Autor)

– Levanta, desfila até a mesa dele, bem diva, e solta "tá gostosinho me ser?".

Nem fodendo. Pega o mapa... Do Bom Retiro pra esquerda, homem interpreta qualquer atenção feminina como proposta de sexo não-remunerado. E ainda que jantássemos no Cambuci ou no Sacomã, a educação paulistana recomenda jamais sugerir a um desconhecido que você e ele talvez sejam a mesma pessoa. No máximo, e com muito tato, pergunte "não te conheço?".

A partir do casamento com o Janus, me considero uma cliente ponderada, mansa, quase convencional. Não saio de loja às carreiras mais, não escolho mais o prato do dia só para encurtar o colóquio com a garçonete, suo frio mais não. Não que as perguntas labirinto tenham perdido o peso porque pus anel na mão esquerda, tampouco o impacto sobre mim. Me contive diante delas, só. Como explicar?

E tem explicação um negócio desses? Conheço a psicóloga que argumenta que o alívio da fobia de loja se baseia em me sentir preenchida, complementada, recolorida pelo Janus. Espero que ela se equivoque, ainda mais agora, que o peso e o impacto das perguntas labirinto sumiram. Bom, talvez não tenham sumido, o fato é que pararam de me incomodar desde que aceitei um trampo de tradução. Coincidência? Podia ter sido, mas não foi.

– Você quer traduzir a *Ilíada*?

– Quero. Quê?

Me deparei comigo, olha eu aí, e fora do Vifrid (proíbo o descabelado de terno laranja de atender por outro nome). Uma amiga atriz acaba de postar foto da filha no Stamp. Legenda:

"amanhã, cumpro 43 anos. Minha filha de oito me assistindo interpretar a Branca de Neve. Deu tudo certo até agora". Ê laiá. O instante em que aceitei traduzir a *Ilíada* do grego de cego pedófilo para português de mãe de família foi o único em que entendi a sensação que leva pessoas em geral comedidas, civilizadas, a postar esse tipo de mimimi no Stamp; assim que aquele instante se esvaiu, parei de entender.

Chegou o momento, inevitável desde o começo, em que precisaremos explicar a *Ilíada* às nossas fantasmáticas leitoras. Graças ao Sagrado Coração de Jesus, quem escreve o livro é você. No seu lugar, eu mandaria procurar na Wikipédia.

– Ignorância não tem dono... Não se acanhe.

– Tapadice não é sexy[2]?

2 Em uma composição literária, o escritor aparece na capa e, espera-se, cuida da própria vida: vota, transa, leva uma rotina de rascunhar livros, beber com os amigos e exercer outro trabalho, que renda o suficiente para pagar a bebida. Autor, para efeitos da presente nota, é um simulacro do escritor que torna possível a articulação de um discurso, seja ele envolto numa narradora terceirizada ou não. Em outras palavras, *Amarás meu nariz brilhante* está assinado com o meu nome, mas, caso eu tivesse que responder enquanto cidadão por metade do que você leu e ainda vai ler, apanharia de uma parte do meu círculo social, seria processado por ONGs e agências governamentais, daria um rolo do cacete. O autor deste romance, diferentemente do autor de *Ninguém nesta família morre de amor* (Laranja Original, 2021), sofre de um elitismo cultural exacerbado e apresenta vários dos preconceitos de classe intrínsecos a tal condição. O Sr. K. acredita que seus patrícios do mais alto nível de escolaridade, oriundos de faculdades de ilibado prestígio, constituam uma súcia de iletrados, uma cambada de analfabetos funcionais. Salvo raríssimas exceções, médicos e engenheiros mal separam Graciliano Ramos de Guimarães Rosa, "tudo gê-erre"; advogados e empresários veem o Freud no ímã da minha geladeira e perguntam "quem é, seu avô?". Essa visão de mundo fatalmente se manifesta na maneira como o autor manipula referências intertextuais. (Nota do Escritor)

Respira, Isis. Acho que não vem ao caso explicar a *Ilíada* do ponto de vista histórico ou estrutural (poema em 24 cantos, fundador do Ocidente, composto por volta de três mil anos atrás), tampouco apresentar o enredo (aos quarenta e três do segundo tempo da Guerra de Troia, Aquiles perde as estribeiras de tanta birra, chora no colo da mamãe, faz greve de produção de cadáver até que blá-blá-blá). O que nos importa, a mim e (suponho) aos leitores, é: por que *cazzo* traduzir esse texto estraga o incômodo de te perguntarem quem você é?

Não tá óbvio? Todo mundo precisa ser alguém (minha mãe conta que até o maluco com quem convivia no pátio da faculdade, sobrevivente lobotomizado da Segunda Ditadura, tinha certeza de ser funcionário da Nasa, laureado com três Prêmios Nobel, todos de Química), e muito mais bacana ser a tradutora da *Ilíada* que a mãe do Leopoldo, né? Traduto-RA da *Ilíada*, primeira mulher a desempenhar essa função na história da minha raça[3]. Não necessito de explicações acerca da magnitude nem da complexidade da *Ilíada* e conheço-me a mim mesma, portanto, não me julgaria de modo algum sublime o bastante para traduzi-la. Não obstante, me ofereceram a oportunidade,

3 Fora você (duh) e meu padrinho, nenhum dos homens por mim mencionados sabe o que veio a ser a *Ilíada*; os que têm uma vaga noção escondem mal o ódio por qualquer página, nota musical ou rabisco que dê ensejo à "cultura". Sentir-se superior ao próximo, contudo, vale a pena, inclusive a pena de defender algo associado à escória que lê. Não tarda para que descubram, a *Ilíada* não é pouca bosta e fornece fundamento para exibir mulher do nosso círculo igual troféu. Me parabenizam pelo feito, um manda flores com cheiro, comemoram ni mim. Se eu não mancasse, não visse demérito em aplauso por beleza e me candidatasse a Miss São Paulo, a alegria macha riria o idêntico riso. (Nota da Narradora)

então devo ser sublime, apesar da resistência a admitir – por que todo mundo menos eu mereceria o que tem?

– Por "minha raça", você se refere a quê?

– Branca? Brasileira? Católica?

Todas as manhãs, inclusive as de sábado e domingo, traduzo no mínimo duas, no máximo quatro horas; eis a divisa entre viver e estar viva. Essas horinhas debruçada sobre dicionários e tratados de linguística, cavoucando verbetes em busca de conceitos esparramados ao longo de quase 30 séculos, garantem que alcançarei o fim do dia sem: engolir veneno, ceder à perversão incendiária que recalco de tempo em tempo, regurgitar o veneno na comida do menino que fabriquei ou no drinque do que me usou de forja para fabricar menino, siririca dentro da Assembleia Legislativa, etc.

Se hoje for um dia normal, traduzirei e me certificarei de que eu sou eu. Por que ninguém nesta história usa tatuagem? Não tem descrição de figurino. Uiuiui, e se eu estiver pelada aqui? Não me assanhe. A nudez emanaria da função emotiva da linguagem, assim como minhas roupas se tecem a partir de linha, agulha e adjuntos adverbiais. Surrupiamos da leitora o exercício de imaginar meu rosto, ocultamos a decoração e a planta arquitetônica aqui de casa. Ninguém verá o pôster de *O gabinete do Dr. Caligari* na parede do escritório. Em que me modifica a escassez de descrição (vestimentas, cenário, clima)? Em algo, sem dúvida, mas sabe-se lá em quê.

– Dia normal não rende na página. Lamento.

– Quem sou eu?

VII

Meu pai prezava família como se fosse o lastro dos bens materiais, "esse quilo de picanha custou xis minutos de acompanhar o crescimento das minhas filhas, ípsilon segundos de carícia da minha esposa". Quer dizer, prezava a família *dele*... Aconselhava as sobrinhas, também as funcionárias, a não se casarem e a, "se caírem na arapuca", comprar cachorro em vez de se vender para criança. Caso uma de nós duas concluísse curso, o currículo dele crescia. Se íamos a uma festa de doer o miolo do pé e a pontinha da consciência, se papávamos iguarias premiadas, se comprávamos minissaias italianas de quatrocentas graças o centímetro, insensíveis à conta e à cobiça por carne jovem, a vantagem podia ser nossa, mas o lucro, não; o lucro era dele.

Não existe crime perfeito? Na perspectiva cristã, de arrependimento da pecadora, não mesmo. No entanto, na perspectiva de driblar não apenas a lei castigante, mas também a vítima, que nunca identificará quem contra si cometeu atrocidade ou (feito minha mãe, a Julia e eu) sequer saberá que uma atrocidade foi cometida – existe, sim. Nossa irmã caçula, a Valeria, não nasceu porque o pai, aflito por ter esbanjado em nós duas todo o amor que conseguia produzir, achou mais justo remover que negligenciar a terceira filha e ministrou escondido uma substância abortiva para a gestante. Ninguém verifica se o vidrinho de remédio para dor de cabeça não está cheio de misoprostol.

A Lei de Regularização Imobiliária devia abranger útero. O feto escorreu no sangramento, beirava oito centímetros de comprido.

Férias sintetizavam nossa economia sentimental; meu pai resistia ao calendário antecipando-as em pensamento, que nem prisioneiro de filme risca os dias de pena na parede da cela, elucubrando de que modo nos gastaria em viagens para destinos invejáveis nos quais não tinha o menor interesse. Renegava sua ética (turismo desumaniza, a casa dos outros não é passeio), bem como sua teologia (o inferno deve ser um restaurante imaterial, onde a comida nunca chega e a mesa do lado é ocupada pela classe média alta de São Paulo falando de viagem), para satisfazer as venetas da esposa e porque se iludia que aguentava o trabalho para se dedicar à família, não o contrário. Aí, nos levava para Roma como se fosse a concretização de uma utopia e desperdiçava momentos porque não saía de trás da tela; fotografava obstinadamente ou se atualizava sobre as movimentações, ora do escritório, ora do mercado. A gente mendigava.

– Solta desse telefone.

– Fica comigo. Me aproveita.

– Você prometeu...

Não nos ocorria que aquele fosse o jeito dele de aproveitar. Era, não era? E pouquíssimo tempo atrás, tipo uns vinte segundos, acho que entendi por quê. Tem a ver com a lógica pela qual ele se vestia: os ternos novos (chiquérrimos, tendência) absorviam cheiro de guarda-roupa enquanto meu pai dava reunião e palestra envergando os mais velhinhos, meio puídos, de duas ou três coleções anteriores.

– O que a gente ama é pra possuir, não pra desfrutar.

As férias na praia me fugiram da memória para a fantasia,

até que revi fotos. Nenhum de nós é de praia. A Julia vai se adaptar um pouco, divorciada e mãe de marmanja independente; até aqui (criança, solteira, mãe de bonecas trigêmeas), concordaria com a gente que um hotel-fazenda do mixuruca em Minas dá de dez em qualquer praia paradisíaca internacional. Aquele ano, minha mãe decretou Cancún (quê?!), contrariando a família inteira, vivos e morta. Valeria teria dado uma exímia viajante se tivesse nascido; na condição de fantasma, se aferrou ao sedentarismo.

As fotos que imprimi e escondi dentro do sofá são daquelas férias. Enquanto me esqueci da viagem e jurava tê-la inventado, pensei que datassem de antes do meu nascimento, da lua de mel do casal. Fotografia me encantava. Tanto que queria ser fotógrafa, diz meu pai. Nem lembro. Queria? A julgar pela timidez retrospectiva que se apossa de mim toda vez que ouço isso, tem jeitinho de verdade.

Dos adultos, ganhei de aniversário de onze anos (ou doze?) a câmera profissional que pedi; da indesejada companheira de meninice, recebi um sentimento transformador, crucial desde então.

– E isso, o que é?

– Ciúme? De mim? Ai, combina direitinho com o meu cabelo, que lindo.

– Como você descobriu que eu tava precisando?

Precisando uma ova. Eu nem sabia onde guardar... Ciúme é de pôr na geladeira, de soltar no quintal? Julia se agitou feito adulta que se impressiona com eleição. A câmera superava em preço a casa de bonecas do aniversário dela, e não se dá presente barato para quem a gente ama. No Evangelho, a desvairada banha Jesus em perfume de nardo puro, cotado em trezentos dinheiros bíblicos (Marcos 14:5), não em desodorante da farmácia da esquina.

– Fofa, vá bugiar.

– Não fui eu que dei presente chato pra você e legal pra mim.

Meus pais consolaram a monstrinha, intermediaram suspensão das hostilidades. Quando ela finalmente cansou de me aloprar, desconfiei que o consolo tivesse extrapolado: será que admitiram de uma vez que não, eu não sou a favorita? Reiniciei o confronto. Firmei bem os pés no chão, em paralelismo milimétrico um ao outro, não investi contra a pentelha; me espichei até crescer uns três centímetros e gritei, aaaahhhhh.

– Ah não, Isis.

– Não me venha com escarcéu.

Em missão diplomática, minha mãe adotou o lema "cada uma ganhou o que pediu". Ham... Ganhei uma câmera; a pequerrucha, colo. Adivinha se a retórica materna funcionou, só adivinha. Nas horas de despeito, eu chamava um de Rebeco e a outra de Evarista.

Pelo menos, não descontei na câmera a sanha de esmigalhar a Julia na parede, continuei a fotografar mesmo depois que o efeito do ciúme se dispersou. De saída, adquiri o hábito de imprimir algumas fotos – não pergunte por qual critério eu as selecionava nem pelos descaminhos de que excentricidade cismei de tê-las como objeto tocável (não iam para mural; álbum, conheço só de ver em filme e de parolar com tia velha). Arquivei as impressas na gaveta da mesinha de cabeceira, trancadas à chave.

– Pega lá. Deixa eu ver.

– Não. Ninguém vai ver.

Caso me profissionalize, exponho para cegas ou vendadas. De onde tiraram tanto rosa no meu quarto de miúda? Por que não reclamei, não grafitei caveiras roxas por cima de tudo? Imagem de gente não me atraía... Em nove a cada dez exceções, meu pai figurava de modelo; em zero, alguém de fora da família.

Suspeite de intimidade: nunca se sabe quem vai trocar de consentimento depois do ato. Por essas e outras, procure foto em que eu apareça de frente dos onze aos dezenove – não tem.

– Santa Izildinha, padroeira da frescura!

– Eu era um bicho do mato...

Julia reagia como se perseguida por paparazzi na rua. Me jogou um tupperware de vidro, a psicopata. De ânimo propício, minha mãe posava; de ânimo adverso, espalmava a mão esquerda, apesar de destra, e pedia "apaga, apaga", tanto faz se tivesse saído toda torta ou deusa. E meu pai, nem aí pros cliques. Porque se achava incapturável? Por confiança ni mim?

Lugar não se apega a veleidades tais, dizem. Então, por que sinto como revide de Cancún pelas fotos que tirei Julia ter contraído uma virose agressiva, mas pouco grave, de um menininho da mesma idade? Os dois se beijaram, na boca, cientes de que na boca os casais se beijam. Parece que comunicaram às respectivas mães que iam se casar na Igreja de São Machão (o menininho também era de São Paulo?) às duas da tarde de qualquer domingo que não tivesse jogo do Juventus. Mandaram e-mail pro pároco, pedindo instruções sobre agendamento de cerimônia; para madrinha, me vetaram.

– Criança não tem malícia.

A par do significado de malícia, as crianças replicariam. Soubessem onde mais se encaixa a boca e teriam se abocanhado ali mesmo, a céu aberto.

– Faz diferença pra... Esquece.

– Diga lá.

– Faz diferença pra respirante ter sido concebida com ou sem plateia?

– Nunca pensei nisso. Mas por que a pergunta?

– Sexo me deixa curiosa. Ainda mais entre crianças...

Igualmente curioso que, até a adolescência, o pessoal queima etapa para casar; não namora, não solicita comprovação de renda, nada. Estou por conhecer frequentadoras do jardim de infância que pesem os prós e os contras de participação final nos aquestos. Nunca. É pá-pum.

– Oi.

– Oi...?

– Como você chama?

– Mariazinha.

– Mariazinha, você aceita o Joãozinho como seu legítimo esposo, para amá-lo e respeitá-lo na alegria e na tristeza, de joelho inteiro ou esfolado, na sua casa ou na dele, com o player one e com o player two, por todos os dias da sua vida até amanhã de manhã?

– Sim.

Meus pais acharam hilário, tanto o beijo quanto a virose

decorrente; contaram até pro carteiro. Julia não se encabulava. Eu, sim. Passei a associar beijo na boca a injeção, antiviral, dois dias de cama e quinze de humilhação pública.

VIII

Se eu tresloucasse de visitar o Templo do Escorpião, em Cancún, convidaria filho e marido, alguém quer vir junto? Minha mãe, todavia, inventou que precisávamos "variar" nas férias, nos impôs praia e a zona hoteleira, pois não se sentiu à vontade para, movida unicamente pelos próprios impulsos turísticos, atiçar viagem em família à zona urbana.

Em que ofendi a Playa Fórum, para que ela se oferecesse de pano de fundo para as três fotos em que minha mãe reinava de biquíni azul clarinho, sentada numa rede com os pés na areia, sorrindo para a câmera-meu-presente como se imune à metáfora? Doloroso conceber que alguém além do marido a visualizasse bonita àquele ponto... Não fui eu. Nem o amante latino por mim quixoteado para que a possuísse, para que eu o trucidasse na solidão da minha mente, pois não se expia pecado sem derramamento de sangue (Hebreus, 9:22). Não presenciei os cliques; nada impede que a fotógrafa tenha sido a Julia ou a vesguinha da banca de *agua de crema de coco*, a quem pediram uma gentileza.

– Você, que enrubesce de vergonha alheia, compadeça-se de mim, galhuda de alheia cornitude.

Das fotos que imprimi, as únicas que não tirei são as da Playa Fórum: uma, duas, todas. E, não por falta de autoria, encafifei que ninguém podia descobrir.

– Por falta de quê, então?

– Vou saber? Minhas mãos já foram mais alvas, e meus dedos, mais finos.

O que eu escondia? Me fizessem essa pergunta lá atrás, e eu responderia de consciências puras: nada. Ora bolas, infringi regra nenhuma. Comer com a mão? Não pode. Sentar de perna arreganhada? Não pode. Armazenar foto da mãe de biquíni azul clarinho? Não consta de cláusula alguma do Código de Hamurábi, sequer da perniciosa 154.

Tá. E quê? Lá em casa, bem de vez em quando, Julia e eu quebrávamos a lei antes do decreto que a instituía, e tome bronca sem atenuante de ingenuidade. Quem me proibiu de pôr um pote de sorvete napolitano debaixo do sovaco e sair da padaria antes de adulto pagar dinheiro? Ninguém.

– Isso que você fez é errado, jovenzinha.

– Filha de outra mãe apanha por causa disso.

– Não vou te agredir, mas cuidado com a cinta de Deus.

Até aí, dava para entender, ainda que eu carecesse de repertório emocional para identificar o erro. Que mal se amontoava em três fotos de férias em família? Que mal me espreitava? A resposta virá, de mansinho ou a galope, mas virá; resposta de perguntas que têm o mal como sujeito sempre vem. Uma soma de experiências desconexas há de trazê-la: casei por amor, estudei até perder o tino, abandonei uma filhote de pitbull na Anhanguera.

– E se...?

– Para.

Abaixa aqui comigo, de ouvido afinado: pré-adolescente não

pode sentir tesão pela mãe. Eis o erro. Eis o mal, que não transfiro pro marido nem pros livros que ensino e troco de língua. Para a infeliz da cachorra solta na rodovia, consegui transferir uma fagulha.

O corpo da minha mãe enquadrava os retratos, não o contrário. Olhei, me abafa um calor nada a ver com meteorologias e célsius. Não usei as fotos, mas, se já soubesse me masturbar, teria usado. Empurrei as três para dentro de um envelope branco liso, que comprei para não apalpar os marrons ásperos da minha mãe, e depositei no vão do acento do sofá, sem me dar conta de reviver gesto de eleição das antigas, da época em que candidata podia mandar jagunça linchar eleitora adversária.

A partir daí, perdi sono, fome e um naco de asseio pessoal; medo e minha imaginação foram feitos um para a outra. Em pânico antecipado do júri que me condenaria a três anos e oito meses de reclusão em regime fechado na Casa do Açúcar por incesto platônico, parei de escovar os dentes e de trocar a calcinha (vou te poupar dos sórdidos detalhes de higiene; registro, no entanto, que são menos sórdidos do que cheirosinhas supõem).

A princípio, acreditei que a angústia secaria quando me pegaram com a boca você sabe no quê e a botija, já viu onde. Diminuiu, atingiu patamares suportáveis, mas não secou. Pedi para não termos sofá aqui em Itatiba; o Janus me contrariou de louca porque não sabe nem vai saber do meu pavor de que ele esconda ou recupere, no vão do acento, libido inconfessável. Pelo menos, com meu segredo exposto pela empregada, cessaram as premonições de cadeia, as mordidas no lábio de arrancar courinho. O reconforto parou por aí. Segui medindo alimentação em colherada ("mais uma, filha, aviãozinho, ó"), custava a adormecer e acordava horas antes do berro do despertador, confusa de sonho que o inconsciente não dispunha de matéria-prima para ter sonhado: ouvia música que ninguém compôs, assistia ao episódio dezesseis (começo, meio e *cliffhanger*) de série que acabou no doze. Desenvolvi relação cordial com um bêbado limpo que nunca vi acordada e que me parava de terça a quinta na mesma esquina de sonho. Pedia moedas para completar o valor da cachaça.

– Não tenho.

– Devia ter.

– Desculpa.

– Tome tento.

IX

A empregada desencavou as fotos da Playa Fórum às tontas, limpando o sofá. Sério?! Que história mal contada.

– Ela limpa *dentro* do sofá?

– Dentro, não. Embaixo. Caiu.

– Ah, tá.

– ...

– Ela me tocaiou, isso sim.

– Que seja. E daí?

Bem-aventuradas as que calam a boca, pois delas é o reino do vitimizar-se (Beatitudes 9:17). Não retruquei "daí que essa lambisgoia agiu por pirraça, pra se vingar sabe Deus do quê, não fiz nada praquela jumenta", dessarte não ouvi, por um triz, revelações que nem me passavam pela paranoia.

Maldita. Há desforra além de agressão física? Pôr-lhe o ganha-pão em risco demandaria árdua campanha, longa. Me conheço: não tenho energia para sequer um semestre disso. Se ao menos metade dos meus pais desse crédito a denúncia de criança, eu poderia tramar que a doméstica me bolinava.

Permitam que eu tenha sido injustiçada. Dois bodes eram sacrificados no Templo de Jerusalém. O expiatório vagava ao relento, na natureza selvagem; o outro, queimavam em holocausto. Posso ser um só?

– Não há jeito ou maneira que eu saia dessa sem odiar uma das partes.

– Vocês ou a empregada? Não devia ser complexo...

O que eu temia, sob o disfarce de temer o oposto, se consumou: me inocentaram. Nada de reprimenda, nem um gritozinho.

– Você é livre pra imprimir as fotos que quiser.

Só não sou livre para guardá-las dentro do sofá, não é mesmo? Mas bem-aventuradas as que simulam surdez, pois delas é o reino das relações duradouras (Beatitudes 9:11). Até hoje, não entendi xongas. Sem optar por nenhuma, elenco três possibilidades:

a) meus pais não enxergaram a depravação em mim;

b) se omitiam na fé de que, desassistida, eu encontrasse paz no pior do meu caráter;

c) bronca os perturbaria tanto quanto a mim (se não mais: afinal, *eu* não teria que pagar tratamento caso alguém fosse diagnosticada com transtorno psíquico), então se safaram do jeito que deu.

Ou nenhuma das anteriores? Sempre que crio listas de a ou bê ou cê, a verdade se escamoteia num dê de desbeiçada ou num ê de evasiva ou em alguma letra posterior que não alcanço.

Me devolveram as fotos, ganhei um cafuné de cada e beijo no meu pai. Pedi espancamento com sal nas feridas, privação de comida, racionamento de água, jejum de internet. Cadê aqueles três anos e oito meses de cadeia que cumpri em delírio?

– Hahahahahahahahaha!

Faz sentido ter medo da morte de galinha morta? Para que essas fotos, senão para escondê-las e me remoer de ansiedade? Calma. Se humanas não dormissem, compartilhar casa – vixe Maria!

Até a revogação oficial do nosso lar ao fim do processo religioso de divórcio, todo mundo morava unido na Vila Madalena, na rua River. Esperei que o apartamento ninasse o Rebeco, a Evarista e a piveta que ambos bajulavam em detrimento de mim; você prefere que eu diga "tal qual, na escola, esperei as coleguinhas de seios visíveis, que davam água prematura na boca dos meninos duas, três séries acima, me contarem que eu manco", mas alto lá. Minha mãe que me contou, tão sisuda que achei imprudente revelar que, àquela altura, não era novidade. Só na escola, menção ao meu "distúrbio de marcha" recebeu classificação de bullying.

Me tranquei no quarto, boa noite, até amanhã, bença. Em vez de endurecer na cama para que não ouvissem movimentos de acordada, roí pro lado torto a unha do indicador. Sangrou.

Apesar de não seguir plano especial de ação, senti que a demora para estancar o vermelhinho me atrasava. Ainda perdi tempo limpando a cutícula e lavando da língua esse gosto que ninguém devia saborear.

Pra que a pressa? Mesmo sem sangrar, eu não arredaria pé dali antes de ouvir os roncos ribombarem nos outros dois quartos. Pesquisei se coagulou em intervalo saudável, e um vórtice de porcaria internética me tragou; propagandearam desde filiação de graça ao Partido Nazista de Jundiaí (PaNaJu) até desconto em lubrificante de cannabis. Os exemplos, admito, procedem de navegação desta semana, não recordo nenhum específico daquela noite (não cobre de mim a memória dantesca que você não empresta), mas estou determinada a crer que eram ainda mais *trash*.

Quando finalmente tomei coragem de sair do quarto, pluguei o telefone no carregador. Breu vazava pelas frestas, não acendi a luz. Rasguei as fotos da Playa Fórum na cozinha (em câmera lenta para abafar o rrrrrrrr) e depositei os pedaços no fundo de uma sacola de plástico branca, branca, branca. Por que não me abriguei no banheiro da área de serviço?

Agora, concentração.

Eita.

Esqueci um pé da meia de coelho. Dentro do quarto, visto só o direito. Não ando semidescalça em casa porque dão risada e porque me incomodaria espalhar pegadas pelo porcelanato mesmo se depois não tomasse descompostura sobre as minhas "patinhas".

Concentração.

A maçaneta podia ter colaborado, mas não implico; ninguém lhe pediu nem me prometeu ajuda. A chave e a fechadura se sensibilizaram, meigas. Empatia é tudo nesta vida... Sussurraram os dois teques.

– T:k.

– T:k.

Joguei a sacola de plástico branca, branca, branca no lixo orgânico do décimo quarto andar. A gente morava quantos para baixo? De chofre, roupa íntima aconchegante, sem lavar há três semanas, deu coceira (eca!), e meu estômago rosnou (não me peça para imitar o barulho) de fome antiga. Não acredito em tanto imediatismo; entre me livrar das fotos e me descobrir catinguenta, o hiato há de ter sido maior, mas é assim que me lembro, vapt-vupt.

Subi pela escadaria (a pisada sem meia nos degraus era para ser gélida, não areenta) e desci de elevador. Na volta, a porta não obedeceu. Aham...

– Abre, por favor?

– Não.

– Abre?

– Não.

– Abreee.

– Não.

Pelo som que o apartamento da frente não conteve, reconheci *Moonrise Kingdom*. Sei de cor alguns diálogos. *Dear Suzy, when? Dear Sam, where?* Se uma fada madrinha me transvertesse em menino de gosto cinematográfico idêntico ao meu, me taxariam de maricas quando eu tivesse a empáfia de dizer que “esse filme mudou a minha vida”. Você já constatou quanto é raro mulher dizer um negócio assim ou ainda acha que tô generalizando? (Como se generalização fosse automaticamente mentira, aliás.) Mulher, para não ser vadia, só pode ter a vida mudada por parto ou casamento, em ordem de bom tom.

– Pera aí. Quem eram os vizinhos da frente mesmo?

– Não sei.

– Orra, inventa aí.

– Tentei. Não sai.

– Pelo menos uma característica. Qualquer coisa. Um apelido, um tique nervoso...

– Casal.

– Estrépito de abuso mútuo? Cheiro forte de drogas, de cocô de pet?

– Casal de meia-idade. Tá bom?

– Bom, bom, não tá. Melhor que nada. Vejamos...

Não me afetou que um casal de meia-idade assistisse comédia erótica infantil às altas da madruga num volume que debochava da lei do psiu. Dane-se que eu estava desestabilizada, deveria ter me afetado. A porta de casa, nem tchum.

– Abre agora?

– Não.

– Por favo-or.

– Não.

– Nem se eu acertar a senha?

– Não tem senha.

A Julia acordou, cretininha, e me trancou para fora? Não, mas nunca vou assimilar a verdade. A Terra, que nem pomba, gira (literalmente, em volta de si mesma; figurativamente, em volta de quem começa frases dizendo que a Terra gira), e minha irmã, como se eu vendesse ou emprestasse alento para chifruda, vai me ligar 6.728 giros mais tarde, prenha e chorando, porque o Carlos se desengaiolou. Me compadeço, óbvio (um babaca que valoriza o furo apertado da concubina mais do que postura de patriarca não merece a minha Juju), mas compaixão não impede ninguém de ter flashbacks, e verifico, revendo a porta irredutível do apartamento da rua River, que a Julia se casou com aquele mentecapto por karma – me trancou para fora, agora aguente.

A verdade é que minha mãe acordou para mijar, se arrepiou de mau pressentimento, deu uma geral pela casa à procura de desgraça e se eriçou ao constatar onde a lingueta da porta da frente *não* estava.

Pensei em ir até o térreo, ouvir do porteiro que o condomínio não aceita, em hipótese alguma, chave reserva de moradora. Qual será a ordem correta: normas-perigo-imóveis ou imóveis-perigo-normas? Se eu saísse para a rua de shortinho de pijama, calçando um único pé de meia, estava no turno de quem? Do Epifânio. Qual a consistência do asfalto ao luar? Espero que não seja areento também. Ele me barraria, o Epifânio? Ou me alcaguetaria no interfone pro 101?

– Dona Rebeca?

– Epifânio? Que aconteceu?

– Oi, dona Rebeca. Boa noi…

– O que aconteceu?!

– É que a filha da senhora acabou de passar enquan…

– Ela saiu do prédio?

– Saiu, sim, senhora.

– Quanto tempo faz?

– O tempo de eu interfonar e a senhora atender.

– Tinha alguém junto?

– Sozinha.

– Qual filha, a que anda engraçado?

– Isso. Do cabelo curtinho.

– Tô descendo aí.

Esse diálogo nunca aconteceu (e, se tivesse acontecido, eu não presenciaria), mas minha imaginação o reproduziu à letra.

Divertido seria se o Epifânio me acompanhasse, porém desse devaneio retenho pouca lembrança. Mais bizarro que se enrabichasse atrás de mim: sob as ordens de mamãe, à caça de encrenca ou por safadeza?

– Tem catástrofe menos ruim que ficar plantada na porta de casa, *anyhow*.

– Não venha me atazanar com a ladainha de que sou privilegiada porque um tigre não arrancou nas garras a minha formosura.

– Por que a senhorita não se mexe?

Hum... A quantas anda a criminalidade lá na rua? Na quebrada do Epifânio (pra lá de Taipas: hora e quarenta para vir em dois ônibus, hora e cinquenta para voltar em um), pedófilo é conhecido por aligátor. Dá para arrumar um assalto light, de agressividade tão reduzida que a gente mais se culpa por não precisar roubar que se assusta com a bandidagem? Ou, sem chance, termino putrefata, boiando no córrego Leopoldina, aí vão profanar meu cadáver na imprensa marrom (e na verde e amarela) para acobertar o próximo desconchavo ou a última heresia do governo? Prefiro um matagal ao córrego Leopoldina; molhar a barriga deve dar aflição mesmo depois de morta.

Ouvi o *Moonrise Kingdom* dos vizinhos até o fim; depois, bafo de TV ligada sem o que transmitir. Não listarei ruídos nem suspenses nem sombras nas peças de decoração do hall do décimo andar madrugada adentro, a não ser que você experimente noite em condições semelhantes e me traga exemplos reais[4].

Força para não apagar de sono. Pincei as pálpebras entre os dedos; estapeei bochecha, cotovelos, calcanhares; andei em círculos, em retas paralelas, desenhando polígonos invisíveis no piso; pulei, alonguei músculos, murmurei canções; mentalizei garotos da escola, só que nenhum era bonito a ponto de me distrair; tirei e pus a camiseta do avesso e certa, certa e do avesso; tentei puxar a língua até que machucasse de leve, mas escorrega antes de doer. Cansei de ficar em pé? Não. Enjoei.

4 Maquinando o sexto (e, oxalá, último) draft deste romance, depara-se o escritor com um lembrete manuscrito na quinta versão, datado de 03 de novembro de 2021 (em estilo americano, 11/03/21), indicativo de que tencionava, genuinamente, pernoitar no hall, de forma a abastecer Isis de fatos e detalhes verossímeis com que ela robustecesse o seu falatório. Oito dias depois, no entanto, o escritor seria internado e submetido a cirurgia no Hospital Nossa Senhora do Pari (perto da Galeria Pagé), devido a fratura exposta no antebraço direito, ocasionada por acidente dos mais idiotas, que lhe reduzirá os movimentos para sempre. Desde a cirurgia até logo antes da elaboração desta nota de rodapé, em linhas traçadas pela mão do membro agora cheio de ferro e cicatrizes normotróficas, a ideia de dormir no capacho, do lado estrangeiro da porta de casa, permaneceu esquecida. Isto posto, e dada uma preguiça que beira os limites da depressão, o escritor renuncia à pesquisa de campo. (Nota do Autor)

Dia claro, meu pai me resgatou, escorada (reza a lenda) no extintor de incêndio. Que será que ele disse? E qual terá sido o desnível entre o que ele disse e o que eu ouvi? Até me crismar, achei que "pródiga" significava "quem é acolhida na volta para casa".

Ataquei um par de baguetes de frango antes de dormir até duas da tarde, única vez que faltei da escola sem atestado. O pé da meia de coelho esquecido no quarto nunca mais foi visto.

X

O telefone tocou às três e lá vai fumaça. Da matina. Teoricamente, hoje; no meu relógio biológico, ontem. Quase nada me assusta mais que triiim depois das nove e meia: sapo, estrondo, não encontrar meu filho onde coloquei. Se a lista não acaba aí, falta um item. Talvez dois...

Não consigo me engajar na tradução da *Ilíada*. O exagero de café me ligou, mas na voltagem errada. Satélites da família não param de mandar mensagem: prima que nunca vi de corpo presente, tia que não é irmã de ninguém.

Ontem, quem atendeu foi o Leo. Nem o Janus nem eu acordamos com a choradeira do telefone. Quantos lares ainda têm fixo? O nosso é vermelho, com discador de plástico que faz teeeeque-té-té-té-teque. Visitas chamam de telefone "de filme" ou "de museu". Com exceção da do banheiro, tenho horror a porta fechada dentro de casa; o bambino se enfiou pelo vão e me sacudiu.

– Mãe, acorda. Mãe. Mãe.

– Ahn…? Oi, filho. Que foi?

– A tia Julia.

– Que que tem a tia Julia?!

– Tá no telefone.

Damos nosso número fixo como alvará de intimidade. Desligávamos os celulares às oito em ponto, os três de avental para preparar a janta, e guardávamos debaixo da pia da cozinha, em um pote da seleção uruguaia que o Janus trouxe de Montevidéu. Chutei a coberta, corri para a sala. O marido grunhiu "mn" antes de retornar para um sonho deserto de mulheres.

Descalça e noturna, faço barulho inadequado ao meu peso.

– Alô? Julia?

– Alô…

– O que foi?

Dava para encerrar o assunto em oito sílabas, a-ma-mãe--ba-teu-as-bo-tas, até menos. Mas a Sra. Brevidade morreu depressa, né? Julia me brindou com vozes, pausas dramáticas, reviravoltas, toda uma encenação do fim da nossa mãe, que Deus a tenha na glória contra a qual ela panfletava.

– Descanse em paz. Sinto muito.

– Falta um, não falta?

– Ah! Meus pêsames.

Minha irmã é combativa que nem folha de jabuticabeira. Apanhava das filhas ciumentas da empregada e pedia desculpinha por ter apanhado. Vai pedir para mim também, quer ver?

– Desculpa não ligar assim que fiquei sabendo do acidente.

– Tudo bem…

– Achei que não era grave.

– Tudo bem.

– Que ia ser melhor te avisar depois que ela melhorasse.

– Julia, tudo bem!

– Ela não melhorou. Desculpa.

– Não tem por que pedir desculpa.

Relaxa. Nem se tivesse sido você que matou, querida... A finada deixou ordens expressas e irreversíveis, registradas em cartório, para guardarmos o que sobrar do corpo, sabe onde? No cemitério ateu, lá no Tucuruvi. Saudade de quando eu não me segurava para dizer "para de chorar, Julia, ei".

E essa agora? Se todo mundo levantar da cova no dia do Juízo, como a Palavra vaticina que levantará, minha mãe não vai saber se ressuscitou em São Paulo ou no limbo. Viva, não iria na Zona Norte sequer para pagar resgate de filha se lhe raptassem uma. Aposto que nem experimentou o túmulo; deve ter resolvido na internet, de olhada.

– O pai quer levar pro jazigo da família.

– ...

– Mas o advogado dela tá engrossando.

– ...

– Japonês biruta. Algo contra?

– Contra o japonês? Detesto.

– Contra o transporte do corpo.

– Não.

– A favor?

– Menos.

– Tá.

Da última vez que nos ligamos sem que minha sobrinha e

afilhada grudasse o aparelho para me dizer oiê, a pequena ainda não tinha o dom da fala. Voltei para a cama, esgotada do esgotamento de uma maratonista bígama, satisfeita da satisfação de quem correu para se salvar e se salvou. Apesar disso, não preguei o olho. Dinheiro da falecida enche uma conta bancária no meu nome.

O espírito da minha mãe se desgarrou. Não compareceu ao guichê pós-vida onde era aguardado para dar entrada na certidão de morrimento num prazo de até doze horas depois do desencarne. A barnabé responsável observou uns minutinhos de tolerância e soltou a Marilda, uma bruxa velha caquética, dessas bem mitológicas, que se autointitulava caçadora de penitentes fujões. Identidade racha se a gente não prestar atenção, e a da Marilda se apoiava em um trabalho há muito desnecessário: era a caçadora dos extraviados, sem compreender que já não caçava ninguém há séculos. Na melhor das hipóteses, guiava espíritos que se reencaminhariam por esforço próprio; exonerar servidor público incompetente é uma dureza em qualquer âmbito da humanidade, inclusive no Além. Os espíritos errantes se deixavam tomar por errados. A maioria, de dó, fingia medo da Marilda. Pense na dona de uma locadora de fita cassete que nunca ouviu falar em DVD, muito menos em streaming. Te vejo alugando uma fita do Van Damme para que essa criatura não arque com a realidade.

Tenho profunda convicção de que dinheiro não possui poderes psíquicos, senão levantaria a hipótese de que aquela grana no banco Abaporu tentou fazer contato comigo pelo resto da madrugada.

Minha mãe não deixa passar oportunidade de se fazer inoportuna. Demonstrou que não tinha da Marilda nem menos nem mais medo do que de sopa de feijão com calabresa. A desinfeliz nunca mais se prontificou a buscar alma penada.

Oportunidades de se responsabilizar pelo mal que infligiu, essas minha mãe deixava passar, uma atrás da outra.

XI

– Tua sogra morreu.

– Quê?!

– Empacotou a viola. Esticou o pernil.

– Quando?

Ele não ia rir do sotaque texano nem da olhadinha pro relógio imaginário de pulso, mas quem disse que faço piada para que os outros riam?

– *Time of death*: uma e cinquenta e nove.

– Você ficou sabendo agora?

– Não. Uns vinte minutos depois que ela fechou o olho, acho.

– ...

– Se é que fechou... Minha mãe é do tipão que morre de olho arregalado.

– Por que você não me contou?

– Tô te contando.

– Por que você não me acordou?

– Pra quê?

Janus trocou de roupa, lavou o rosto em pia inapropriada,

engoliu dois pães amanhecidos com raspa de geleia, cancelou por mensagem de áudio a agenda do dia, e partiu para São Paulo, cometendo a estupidez de se supor imune à raiva que nutri pela minha mãe. Quando olhei pro lado, o filho que proibi de sair estava engomadinho, treinando pose solene. Quem deixou? Gritei com o marido.

– Minha palavra só vale quando não tem nada importante em jogo?

– Por que tudo, tudo, tudo tem que ser pra ela?

Pela primeira vez em vinte e tantos (preciso tirar a aliança, conferir a data e somar à época do amor cortês para dizer exatamente quantos) anos de relação, ele gritou de volta.

– Nada nunca mais é pra ela.

– Esse velório é pra quem, então?

– Pra quem ficou. Ela não vai no próprio velório. Você sabe disso, né?

– Te proíbo de tirar o Leo desse apartamento.

– Isis, é a vó dele...

– E minha mãe. Quem vem primeiro?

– Ele tem o direito de se despedir.

– Claro que tem. Mas pra que exercer esse direito?

– Porque ele quer.

– Você não é pai dele? A palavra final é a sua.

– Dessa vez, não.

– Tem tanto direito que eu não exerço...

– É a vó dele, cacete!

– Que maravilha de vó, hein? Quantas vezes ela falou com ele? Dez? Chutando alto. Ela não dava a mínima. Sou eu que me apago pra ser uma merda de mãe melhor que ela, e é isso que eu mereço? Você quer ir? Por quê? Sua vó nem sabia seu nome de cor, moleque.

O filho assiste em silêncio à cizânia que causou; bom, talvez eu confunda vulnerabilidade com silêncio. A partir daqui, não há exibição de afeto que me desconvença de que ele tem vergonha de mim. No lugar dele, eu também teria; posso ser muita coisa, mas hipócrita, ainda não.

Janus me interrompeu, barrancoso.

– Não me interrompe.

– Não dá pra esperar.

– Eu tô falando. Não me interrompe.

– Ou te interrompo ou te deixo falando sozinha.

– É assim agora?

– Claro que não. Só não dá tempo de conversar.

Se perderem esse velório, babau; minha mãe não ia morrer de novo (Hebreus 9:27). Janus prometeu, como se dependesse dele e de mais ninguém, que a gente se entenderia na volta e caiu na estrada com o moleque a tiracolo. Tentou me beijar enquanto esperava o elevador. Virei o rosto. Bicou, em vez de mim, o café que não coei. Desceu bebendo. Com que objetivo levou minha caneca de Áries? Justo ele que mal lembra o próprio signo.

– Ei, aqueles pães com geleia significavam o quê?

– Ele não come de manhã.

Provavelmente, planejou me devolver a caneca e ficou sem jeito por causa do beijo esnobado. Meu único atravanco em relação a virmos morar em Itatiba foi que a distância para a casa da minha mãe, na Vila Madalena, é curta demais, uma hora e meia, duas horas de carro. Se a gente morasse na Tunísia, provável que a manhã tivesse transcorrido sem exaltações.

Lá fora, sabe tonel de lixo, desses que a prefeitura fixa a cada quadra em qualquer bairro asfaltado e de poste em poste nas áreas protegidas por empresas de segurança patrimonial? Um se desprendeu e esparramou pela nossa calçada resto de comida, embalagem de plástico, merda ensacada de cachorro. Janus não repara; o Leo, sim. Quando travarmos amizade, o tonel me pedirá que o trate por "lata", para evitar o masculino.

– Esquece a raiva que te moveu até Itatiba.

– Se você continua morando aqui, fofinha, não é de raiva.

A lixeira caída mantém comigo um relacionamento utilitarista, baseado na limpeza da rua. Hoje, isso muda. Vou lhe dar banho, abrigo e nome de Rute. Será indispensável pro acerto de contas com a minha mãe.

XII

Minha mãe e eu rompemos relações várias e várias vezes; a do casamento encerrou o ciclo. Na fase intratável da adolescência de uma, que coincidiu (o senso de humor de Deus é macabro, né?) com a menopausa da outra, seguimos certa sazonalidade: briga irresolvível por volta de maio nos levava a cortar comunicações em agosto, logo antes do aniversário dela, até que selávamos pazes sem retratação em dezembro.

– Para que passar as férias de cara feia?

Cultivei o hábito de pintar de verde no calendário nossos

dias de morde e assopra. Partiram sempre de mim as rupturas. Não me lembro de nenhuma com jogo de cena diferente: eu levantava, pingando ultraje, e marchava embora. Aí, cada uma por si; operei de apendicite, ela não me visitou no hospital, não me ofereceu nem um copo d'água quando voltei para casa. Nos ignorávamos até que, sem que nada mudasse, em virtude de porcaria nenhuma, ela me abordava com "oi, filha. Tudo bem?", como se as pendências e a birra entre nós tivessem derretido, e eu compactuava com o faz de conta ("tudo, e você?"), afinal... Escancare que não gosta da sua mãe para ver, dá um problemão.

A partir de um ponto indeterminado (provavelmente a partir dos 24 anos, idade-barreira entre crescer e envelhecer), reatarmos nos afastava mais que lonjura, provava a irrelevância de mãe para filha e de vice para versa, pois nos distanciamos e ninguém perdeu cabelo nem trocou de cor de pele por causa disso. Cidadã de país onde linhagem se estabeleça não por laço de sangue nem por sorte, mas por afinidade, onde pedido de parentesco pareça pedido de namoro (quer ser meu pai?), eu trocaria 98% da família enquanto desse tempo de propor termos amigáveis. Acredito que minha mãe seja da mesmíssima opinião. Se nos convertêssemos ao espiritismo, de que maneira explicaríamos ter vindo para o plano físico interpretando esses papeis? Uma vidente que não consultei leria justificativa nas estrelas.

– Encarnações atrás, você e a sua mãe foram soldadas inimigas em quatro guerras.

– Então a gente reencarnou pra se entender?

– Pra terminar a pendenga. Tá dois a dois, essa encarnação é o desempate.

Mas com qual vidente não consultada travei esse diálogo? Não previ que a escaramuça por causa do casamento seria irreversível. Ainda na lua de mel, comentei com o recém-marido, "a gente se reconcilia até a quaresma, aí ela apronta alguma antes do dia mundial do rock, e eu transbordo de novo". Errei na futurologia. Vieram 40 dias de privação de carne e álcool, lá se foram 24 horas de abstinência do samba, e o vigor para retomar contato com a minha mãe não voltava. Tomei gosto por não marcar decepções no calendário. A falta que ela não fez me esfriou os ânimos, encrenquei bem menos com marido, filho, alunas, colegas, atendentes de loja, declarações liberaloides de figuras públicas; o cansaço do dia trocou a hora de acordar pela de dormir.

Nem imagino através de qual linguaruda, mas minha mãe deve ter sabido que floresci apartada dela, pois perdeu o talento para me ignorar; sem data específica, mandava fotos antigas e links de música. Em aniversários, não se pronunciava. Quando batemos nosso recorde de esquivança, deu de me ligar, uma quantidade surreal de chamadas perdidas. Me pegou à queima-roupa: atendi um contato desconhecido e pá, era ela, me armadilhando. Desliguei depois de "oi, filha. Tudo bem?" e parei com número que não conste da agenda.

Não se rendeu. Depositou um salário-mínimo na minha conta no Abaporu. Devolvi. Não que restituir uma quantia daquela exigisse desprendimento. Quem sobrevive de salário-mínimo tem endereço fixo sabe onde? Na rua da amargura. Mal e mal enxia a despensa.

No mês seguinte, caíram dois, o vencido e o acumulado.

Arre, o que ela quer me dando mesada? Desconfiei sem convicção: mercadejar apego, alugar estima... Tem verdade que fareja a gente; se eu soubesse qual me acossava, teria me escondido.

– Sua mãe diz que sustenta você e o Janus.

– Que manda dinheiro gordo todo mês, mal sobra pra ela.

Ah, é? Para abrandar a sede de sangue que me acometeu, fui no Abaporu aqui de Itatiba perguntar se era possível bloquear transferências específicas.

– Não fornecemos esse dado na agência, senhora. Só no aplicativo.

– Vão fornecer, sim. Se não fornecerem, dou um show. Me arranho, finjo queda de pressão. Se o show não funcionar, torturo seu intelecto.

Não era possível bloquear transferências recebidas, nem na minha agência, em São Paulo. Reclamação não surtiu efeito.

– Uma pessoa tem me mandado dinheiro todo mês, e eu não quero receber.

– Dinheiro honesto?

– Que eu saiba...

– De presente?

– É.

– E a senhora não quer dinheiro honesto de presente?

Planejei mudar de banco; ela que deposite esmola para ninguém ou para qualquer zé-cueca que herde a conta. Tá... Olha minha cara de quem executa todo plano que elabora – não, né?

– Com esse, podia ter feito uma forcinha.

– Não se afobe.

Eu me livraria do salário materno mesmo se dele dependesse

para não cair de fome. Antes barriga vazia que fartura bancada pela minha mãe.

XIII

Sozinha comigo, a casa se aquietou. Janus tinha viajado em defesa dos interesses da empresa, nunca decoro aonde vai. Atrasei o sono para desfrutar da solitude, trouxe pro quarto uma tigelinha de amendoim porque boca sem gosto me irrita. Me entretive com vídeos de jardinagem enquanto lia as cláusulas de rescisão da conta do Abaporu.

Bateram na porta, do lado ermo.

– Quem é?

– Surpresa.

– Entra.

Sobressalto? Nenhum. Era Valeria, minha irmã não nascida.

– Oi.

Aparentava dezesseis, dezessete anos, mas, em obediência à nossa diferença de idade, deveria ter vinte e três. Ou morta mede o tempo em tabela alternativa, que nem gato?

Normalmente, antes que se qualifique algo de macio ou não, é preciso tocar; o jeans desfiado exibia um naco de coxa que identifiquei como macia à primeira vista. Ainda bem que nunca vou vê-la pelada. A camiseta larga do Pôncio Pilatos, aquela do lava-mãos, camuflava curvas, protuberâncias. Entre a clavícula e a pélvis, quem não a confundiria com um rapazote?

– Tô te atrapalhando?

– De jeito nenhum. Senta aí.

Acomodou em cima do colchão a bunda que ninguém apertou. Sem suspirar, massageia meu pé, pressionando a sola com o fura-bolo, me esquenta a nuca por reflexo. Não faz cosquinha. Prudente, não afastei o edredom; Valeria não testemunharia meus calores.

– Ó irmã irreal, de que genética você extorquiu esse cabelo ruivo sedoso?

– Isso? Artimanha de fantasma para te aporrinhar.

– Deu certo, aporrinhou.

– Haha.

– Amendoim?

– Obrigada.

– Certeza? Tá salgadinho…

– Obrigada. Não me alimento de comida.

Veio me alertar: meu destino bifurcou. Se não aceito o afago monetário da mãe, sofro um acidente de trânsito fabuloso, do tipo que urubus e repórteres adoram, cheinho de vítimas, pista da Marginal interditada, engarrafamento tão comprido que a fileira de veículos que não caíram no rio se concatena em micro comunidade (debaixo de um sol ardido, motoristas até então e dali em diante desunidas visitam uma o carro da outra para dois dedos de prosa, ouvir rádio juntas sem esbanjar bateria ou pedir água pelo amor de Deus, tô com três crianças pequenas aqui). Se guardo o montante no Abaporu, o acidente se apagará do futuro levando consigo as transformações irreparáveis que operaria em mim, dentre as quais, perder a fé.

– Tem mais.

– Ações da cúria metropolitana, investe tudo que der.

– Mas isso não tenho permissão pra te contar. Então, shhh.

Como assim, não tem permissão? Quebrava qual regulamento? A julgar pela aparência e pela aparição, não morava em nenhum além-túmulo católico, certo? Mudou de crença depois de morta ou a nossa está errada? Fiquei tímida, não perguntei se a batizaram, cheiro de gafe. Seja lá que eternidade habite ou que regra tenha burlado para me dar dicas da bolsa de valores, não me contem, nem você nem ela. Não acordei preparada; quem sabe amanhã?

Se Valeria tivesse vingado, quais defeitos e quais virtudes em mim procederiam dela? Ninguém se toca que não apenas os mais velhos puxam pros mais novos. Minha mãe, por exemplo, puxou da Julia um tique, o ranger de dentes antes de se vitimizar. Aliás, quais tensões se enrijeceriam entre mim e a Julia se ela fosse a do meio, não a caçula? Quais se afrouxariam?

O que a Valeria está esperando, uma deixa para ir embora?

– Obrigada pela profecia.

– Adorei te ver.

E nada. Ela não parava de puxar conversa.

– Sobre o quê?

– Esqueci. Nada de esmagador... Ao contrário do que eu esperava, não levantou questões do gênero "por que você nasceu e eu não?".

Começou a me agoniar. Bocejei, acariciei o relógio de cabeceira, detido às sete e trinta e quatro de treze de agosto de dois mil e eu não penava para perder sobrepeso, bufei. Qual a chance de que ela não volte pro purgatório e me faça reformar a alma para que caiba ter tido duas irmãs? Bufo que nem francesa, pelo beiço, não pelo nariz.

Não encaro o risco de descrer em Deus, nem terminei de ler as cláusulas do Abaporu. Abri uma conta nova, no banco Wilusa, e transferi tudo, inclusive as ligações insuportáveis o dia inteiro, de telemarketing. Reservei o Abaporu pro aliciamento materno. Não investi. Ficou lá parado, um salário-mínimo por mês ao longo de quinze nãos, ops... de quinze anos.

O Tribunal do Santo Ofício e o Ministério Público Federal, em sessão ecumênica, indiciarão Dom Clemente por libidinagem no religioso e no civil. As ações da cúria metropolitana vão disparar em velocidade e a uma altura inéditas. Não me arrependo de ignorar a dica de investimento: quem seria eu agora se enriquecesse estrambolicamente, ainda por cima às custas da minha igreja?

– A propósito, você tá grávida.

– É menino. Vai chamar Leopoldo. Todo mundo vai te dar parabéns por ele.

– Dou parabéns pra ele por ter você de mãe.

XIV

Quando ganhei o Leo, minha mãe escreveu pedindo para me acompanhar na sala de parto.

– Não, obrigada. E não, não foi vingança.

– Eu teria recusado mesmo se a recusa não te ferisse.

Dei à luz um neném quentinho e sujo. Torço para que a tecnologia avance até nos permitir tomar elevador dentro da arquitetura do tempo. Já pensou? Pais e mães, que os obrigue o Estatuto da Criança e do Adolescente, visitariam o filho, a essa altura mais velho que eles, para pedir consentimento.

– Você quer ter nascido?

– Me autoriza a te parir?

O Leo nasceu sem escolha e foi batizado em homenagem a ninguém. Queríamos um nome comum, nada das extravagâncias da moda: Êndrique, Dérique, e por aí vai. Janus Junior, nem se me amarrassem. Elaboramos uma lista com quinze clássicos (de André a Vinícius, sem repetir inicial), nenhum emprestado de avô ou tio. Cortamos um papelzinho com cada nome, acrescentei Zacarias por antipatia ao número quinze, aí pusemos numa meia do bebê e demos a sortear para a priminha Vânia, prestes a perder o título de neta rapa do tacho.

Minha mãe dirigiu até o hospital, apesar da CNH vencida. Pedi para as recepcionistas barrarem sem urdir desculpa, nem da consistente, nem da implausível: "ela não quer ver a senhora, boa tarde". Mas não… Tem mais gente com dó de dizer a verdade que verdade que se diga. Alguém plantou nela a esperança de ser recebida lá em casa quando o Leo e eu tivéssemos alta. Revelaram que ele nasceu com intolerância à lactose?

– Tô doída pra pegar meu neto no colo.

– Parece comigo?

Triste que editora nenhuma teve o *insight* de publicar uma *Cartilha Rebeca Rubens de chantagem emocional*, de notável utilidade para todo naipe de traidoras, de amantes a deputadas. Misturar a acentuação das palavras renderia um capítulo inteiro; no momento exato em que uma pessoa razoável diria "tô doida", diga "tô doída" em tom confiante e não se corrija.

De alta do hospital, mandei barrar lá em casa também. O porteiro desobedeceu uma das instruções ("fala que ela não é bem-vinda aqui") e patranhou viagem nossa sem onde nem quando. Surpreendente que minha mãe tenha fingido aceitar a embromação.

– Anota meu telefone, por favor.

– Me liga quando eles voltarem?

Em vez de:

– Que boi dorme com essa sua história, meu senhor?

Janus bolou e executou (com ou sem cúmplice, deixa pra lá) um esquema para sequestrar o filhote por meia hora e levar até ela. Se flagro, aciono a polícia. Nem suspeitei. Só fui me inteirar da trairagem aos 81 anos, entrevada desde o acidente que sofrerei aos 43, cética, afastada da igreja. Aí, comecei a esquecer no fogão a comida do maridinho (83, com a percepção no estado de decrepitude do meu corpo) e a queimá-lo por acaso com o cabo do purificador de oxigênio.

– E isso? Também não foi vingança?

– Claro que foi.

XV

A primeira embaixadora de paz na Guerra do Cordão Umbilical foi minha irmã, a viva. Chegou quixotesca, embalando debaixo do braço o "não" que eu lhe tacaria na fuça. Minha avó surgiu em sonho. Não me pergunte por quê; talvez preguiça de vir do cemitério de Itu até aqui ou falta de habilidade para se projetar como fantasma. Na época dela, assombração era outros quinhentos.

– Perdoe a sua mãe, Is. É meu último desejo...

– Você já gastou seu último desejo. Não ser enterrada com o meu avô, lembra?

Marido e pai se mobilizaram para me amansar. Se parasse neles, eu teria me emputecido de qualquer modo, mas compreenderia; envolver cabeleireira, personal trainer e instrutora de tênis foi exagero. Ligar pro meu departamento na Unicamp caracterizava mais humilhação que tratativa de paz. A orientanda promissora se espaventou.

– Professora, sua mãe bateu lá em casa de novo.

– Que que eu faço?

O último dos embaixadores nessa guerra que, mesmo se comportasse um fim, ninguém venceria foi o japonês. Mandou e-mail se apresentando, pediu licença para me ligar dia tal, às tantas da manhã. O fixo vermelho, até ali, não havia estreado; ainda bem que não o associei posteriormente com aquela ligação. Na época, ficava no quarto.

– Bom dia. Aqui fala o doutor Omeko em nome da professora Rebeca Rubens.

– Me liga nesse número aqui, por favor?

– Qual?

– Onze... três, sete, quatro, oito; nove-nove, sete mil.

– Isso é um fixo de mesa?

– É.

A média entre chamadas imediatas no Complexo Metropolitano Expandido devia estar uns dois minutos abaixo do que ele levou. O Leo já sabia: ler direito, escrever tortinho, as quatro operações, imitar trejeitos de celebridades, jogar *Resident Evil* sem ter que dormir com a luz acesa depois, identificar qual dos pais cedia a que tipo de manha.

Minha mãe vai me processar? Por isso, mandou o advogado?

– O que o senhor deseja?

– Da senhora ou da vida?

– Quê? Espera, vou reformular. Pra que o senhor me ligou?

– Pra uma conversa séria.

– Conversa, já é. Deixa séria que fecha o pacote.

Pigarreou na minha linha telefônica: hrhrhrmm.

– Faz-se oportuno que a senhora me conceda quinze minutos no presencial. Me comprometo a não ultrapassarmos cinquenta.

– Oportuno pra quem?

– Não recebi listagem exaustiva, mas pra senhora sua mãe, sem dúvida.

– Desculpa. Nada de presencial.

– Amparada em que pretexto a senhora se abastardaria? Distância em quilômetros?

– Nem sei cadê o senhor.

– Na sala da sua residência. Permaneço?

– Nem brinca. Não quero que meu filho acorde e dê com um advogado no sofá da sala.

– E se afirmo praticar o ofício da esgrima, não o da advocacia?

– Ele é muuuito inteligente…

– Não tem escola hoje?

– Ele faltou.

– Lamento. Posso me acomodar no chão se o entrave for o sofá.

– Não é o sofá.

– Fico do lado de fora do quarto e a senhora engranza o braço na porta?

– Cruz-credo. Não engranzo coisíssima nenhuma.

– E se nós...

– Doutor Homero, posso pedir um favor?

– Claro.

– Sai da minha casa.

– Enquanto a senhora contiver as ameaças, abusarei.

– Some daqui, senão amasso seu gogó com o ferro de roupa. Melhorou?

– Perfeitamente.

Continuou falando à distância segura, do alpendre da vizinha (ixe, a Érika vai me encher o pacová). No fim, beeem no fim, desistiu do presencial e expôs o imbróglio: denunciaram minha mãe por atividade anticristiana, inquérito aberto na Polícia dos Bons Modos e tal. Não o interroguei sobre a parte denunciante. De onde, portanto, me veio a impressão de que o Dr. Omeko escamoteava a identidade de alguém? E, que mal eu lhe pergunte, qual alegria você tira de me fazer chamá-lo de Dr. Homero?

– Tá. Que que eu tenho a ver com atividade anticristiana? Quer dar uma olhada nos meus boletins da igreja?

– Não, não, não, não, de forma alguma. Sua ficha eclesiástica é impecável. Literalmente.

Proferiu "literalmente" para fazer graça, mas só recolhi a

piada porque ele riu logo na sequência. O riso, nada nipônico, rivalizava em desajeito com o trocadilho; te juro, aquilo era um trocadilho. Não curioseie se a timidez te impede de curiosear, porém repare: japonês ri com a barriga; francesa, com o nariz; paulistana, com o pescoço.

– Se a senhora depõe que ela tem boa alma, quem vai remenicar?

– Isso, ela tem. A César o que é de César.

– E adeus ao que é de Deus.

– …

– …

– …

– …

– É só isso, dizer que ela tem boa alma?

Não. Honesto demais para ser verdade. Que eu me constrangesse a lembrar como a plateia do meu casamento se encantou com a mãe da noiva.

– Mas ela não foi.

– Por problemas graves e repentinos de saúde. Compreensível…

– Não.

– Não é compreensível?

– Que problema de saúde ela teve?

– Adenite utópica.

– Que é isso?

– Nada. Acabei de inventar.

– Belo inventor você, hein?

– Obrigado, mas nem minha esposa me chama de você.

– Perdão...

– Sem mais delongas, dona Isis... A carrapata vai pegar sua mãe se eu não mexer os pauzinhos.

– Então mexa. Bom trabalho.

– Se a senhora desistiu da alma dela, salve o corpo. É pedir demais?

– Pra mim? É.

– Me mostra?

– Imagina, só imagina, que apareço lá e minto no nariz da polícia...

– É pra defender sua mãe. Olha que ameno. Deus perdoa.

– E a polícia? Vai ter a misericórdia de Deus? Ou tenho que apresentar foto, recibo, áudio, carimbo e o escambau provando o que eu disser?

– A palavra da senhora forra o bucho.

– O senhor fala em nome da polícia, doutor Homeco?

Me irrita quem rejeita nãos. Sou contra desculpa esfarrapada: o cachorro não comeu a lição de casa, não é por dor de cabeça que não transo, não marquei quimioterapia no horário da sua festa de formatura. Me queimaria a língua se eu dissesse "sim, mas..." ou "adoraria, só que..." ou sei lá. Não, ponto final. Ai, por que não? Pena que ponto final encerra frase, não sandice. Não, porque não quero, caralho! Um coice desses devia zerar a matéria-prima para argumentações ou convencimentos, mas tem uma turma que teima (não aceito não como resposta), e adivinha quem cria fama de arisca? Ai, vai te arrancar pedaço? O que te custa um sim, eu disse sim, eu quero Sim?

– Quem gosta de impertinência? Ninguém.

– Mas quem revida? Só você. Acha que tem o rei onde?

– Voluntariosa assim, termina sem amigas.

O advogado me corrigiu: Omeko, sem agá. Travou comigo breve peleja sobre agá mudo antes de retomar a pentelhação para que eu defendesse a cliente dele. Fui incisiva, bruta e chorosa, nessa ordem e sem êxito.

Tirei o fixo da tomada, desliguei o celular. Nos dois dias seguintes, me mandou o equivalente a oito páginas de Word em mensagens e por e-mail (16883 caracteres com espaço), me ligou ao todo 37 vezes. Parou quando meu marido replugou o telefone e decretou que eu não poria os pés numa delegacia da Polícia dos Bons Modos sem intimação. Se as ligações e os recados continuassem, Janus acionaria a lei do cônjuge para me interditar. Não blefou; quer dizer, espero que não, já que fui eu que insisti para que ele exercesse sobre mim os direitos de marido.

– Como especialista da área, o senhor que se assuste com as consequências.

– Vai responder por corrupção de família e aliciamento de esposa.

O advogado escafedeu-se.

Meu marido herói observa rotinas e valores rígidos, sou capaz de prever em quais dias do ano vai reclamar de dor de garganta. Mesmo em restaurante inaugurado ontem, sei em que mesa a gente vai se acarinhar, qual item do cardápio ele vai escolher para mim, em quantas palavras o pedido lhe atravessará os dentes rumo ao ouvido do garçom. Ao longo da nossa história juntos, Janus me enraiveceu com alguma frequência, mas tomou apenas duas atitudes inesperadas. Me defender do Homero foi uma, a outra sucedeu no Natal passado.

– O que você quer de presente?

– Me surpreenda.

Ganhei um frango vivo num capacete de motoqueiro.

Quarenta meses após a abertura do inquérito, o Ministério Público, de encontro ao parecer do Tribunal do Santo Ofício, arquivou a denúncia: ficha eclesiástica limpa, desde que minha mãe se submetesse a cursos de catequese e renovasse a crisma. Enquanto não lhe outorgassem diplomas e bênçãos, as oficiais, todas no mínimo vinte anos menos espertas do que ela, a monitorariam sem trégua por meios digitais ou, se sobrasse um tempinho na dura rotina de combate à heresia, de corpo presente. Não fosse a tornozeleira eletrônica e o acosso das vigias (que competiam pelo turno porque a tutelada dividia guloseimas), ela afirma que não teria contribuído pro casamento da Julia.

– Acha que me engana?

– Quem não teve medo de Deus vai ter medo de polícia?

XVI

A palavra boceta não corresponde ao entre-as-pernas; devia ter mantido a acepção de "caixa", tipo em "boceta de Pandora". Um anúncio de jornal ofereceu, em 1875, recompensa a quem devolvesse "boceta perdida para tabaco, de ouro". Vou me frustrar porque quase ninguém, mesmo entre as alunas de grego, lembra da Pandora? Para que esta manhã valesse o adjetivo que ofereço a toda manhã que me desperta em cima de colchão sensível às minhas necessidades ortopédicas, "normal", eu teria que:

a) tomar café contando as calorias (culpa supera fome e pimenta-do-reino como tempero), sozinha em família;

b) levar o moleque para a escola durante conversa atravancada dentro do carro, ciente do quanto fui sortuda porque eficiência de mãe ainda não tinha escala de medida;

c) voltar para o apartamento de posse indeterminável (meu? do Janus? não engulo "nosso", mas não seria um argumento absurdo; seu que não é), erguido tijolo a tijolo por semianalfabetos, recém-esvaziado de marido, e ter aqui me dedicado à tradução da *Ilíada*, ralando feito princesa em cativeiro, desancorada do português em que escrevo com minutos próprios e vocabulário de outrem, inabitável pelo grego arcaico em que leio;

d) num intervalo, abrir o site do *New York Times* (tarja preta para tudo quanto é lado). Não assisti o debate das prefeitáveis de São Paulo anteontem: as duas principais candidatas de direita prometeram que, se eleitas, não liberarão ao público civil nenhum conteúdo jornalístico estrangeiro além de esportes e turismo; a de esquerda, líder com folga nas sondagens de intenção de voto, jurou não liberar conteúdo jornalístico estrangeiro algum. Vou acabar votando nulo, xingada de um lado por compactuar com o outro. As páginas de política e de música trariam (trouxeram, eu é que não vi) o maior número de manchetes censuradas do *Times* de hoje, quatro cada. Contabilizo todo dia, não anoto. Coragem dos gringos, enfaixar o material tolhido… Aqui, a jornalistada reescreve aos caprichos da censura. O artigo sobre a sexualidade dos robôs me indignaria; uma linha de obituário me informaria que o dramaturgo Glauster Cariba, fugitivo da polícia moral brasileira, faleceu oito – – – – – – – – – (tarja preta) atrás, na República Argentina, em decorrência de – – – – – – – – – (idem). Tenho um livro com três peças dele. Cadê? Li antes da faculdade. Lembro que achei chato; picuinhas da classe teatral de quarenta, cinquenta anos atrás. Aqui: *O rei Cláudio não sabe dançar*, *A revolução dos móveis*, *Relógio atrasado no país da luxúria*. Aquela época teve seu charme, né? Ao não ler o jornal, perdi a oportunidade de me perguntar qual crime ideológico alguém de tão diminuta relevância quanto um dramaturgo possa ter cometido para açular a "polícia moral brasileira". Engraçado... Pouquíssima gente sob a jurisdição da Polícia dos Bons Modos aceitaria o epíteto "polícia moral"; brasileiras temos o dom de polemizar sobre a umidade da água. Comprei o livro porque a página de créditos expunha Rebeca Rubens como atriz da montagem original de *O rei Cláudio não sabe dançar*. De acordo com fotos, vídeos e lembranças coerentes de qualquer testemunha honesta ou sóbria cujo cérebro não tenha sido acometido e devorado por doença degenerativa, a moça que atuava no infame Teatro das Azaleias, a mulher que me criou e a senhora que, hoje de madrugada, largou o patinho de borracha na banheira da morte constituem, ou constituíram, todas a mesma pessoa; espero que não – a moça atriz não merece isso. Por outro lado, que um mesmo corpo mude de inquilina, não me convence, papo furado de poeta. Como eu reagiria se me contassem que, durante o noivado, minha mãe transou (quantas? uma, duas, três) quatro vezes com o Glauster Cariba? Mal, claro;

e) fazer cocô despreocupada com o barulho e limpar o bum-

bum com papel higiênico, não com texto que desagrade a quem fabuliza através de mim;

f) de mãos obviamente lavadas, ouvindo música ou podcast, preparar um almoço da moda, na ilusão de que comer no mesmo ambiente me conciliaria com o filho.

Nada disso constava do que Deus traçou no acaso. Insensível? Sádico? Minha mãe dizia que sim, que um onipotente de braços cruzados diante de crianças agonizando de câncer e de ricos avacalhando os justos é um puta dum sádico. Ao contrário dela, não me fecho pro que repudio; analisei a teoria do sadismo de Deus, me incomodou que tivesse lógica, fui estudar na Bíblia. Não... Um ente todo amor não pode agir por sadismo. Por não intervir na nossa cólica e na nossa míngua, Deus (se cabe descrevê-Lo nesses termos) é masoquista. Em vez da manhã normal a que eu tinha me reservado, sorvi um copo de leite na que Ele forjara para mim, destituída para sempre do posto de filha de mãe viva.

– Não que ela careça de vida para me estorvar...

Se um vulcão vomitasse agora e as cinzas mumificassem a população do bairro em atração turística para gerações vindouras, historiadores me disporiam num museu sobre a legenda "bebedora de leite, século XXI a.v.s." em fonte sem serifa. Deplorável... E nada mais longe da realidade. Não bebo leite, as garrafas na geladeira pertencem ao Leo e ao pai dele. No entanto, meu estômago queimou da altura do umbigo até atrás do queixo, por estresse e/ou por excesso de café, então cortei o menos viciante. Nunca mais serei esposa num casamento que não padeceu da crise instaurada horas atrás.

Piquei uma maçã, pitadinhas de sal, tf-tf-tf. No segundo ano de escola, me internaram com pneumonia por três dias no hospital-shopping, ali na Barra Funda, e perdi inteira a semana de aula de etiqueta social sobre ficar à toa sem comer. Não aprendi até hoje, enfio um pouco de trabalho em fins de semana e nas férias para não virar uma orca. Ai, cacete – vai ter herança! Chequei a Constituição e o Código Civil: proibido se desvincular de mãe; de pai, não é simples nem barato, mas pode. Acato a Constituição como indobrável porque não possuo recursos para dobrá-la? O da Barra Funda foi o primeiro hospital-shopping da América Latina, suscitou um bafafá sem fim. Tô até vendo o Janus me proibir de doar um centavo.

– Te entendo.

– Mas não é só seu…

– É do Leo também.

Em quanto, aliás, acabou o saldo no Abaporu? Não verifico há tanto tempo que a senha expirou, tive que criar outra: onzede7mbrode2mile01. O que aconteceu nessa data? Neres de neres, que eu saiba. Crio senhas de data sem evento, dificulta pros enxeridos.

Trezentas e cinquenta mil graças e uns quebrados. Entrei num site de putaria. Vou me interessar por mim mesma se produzir pornô? Depende de quantas visualizações me concederiam.

– Trocadilho com a xereca da Pandora, não. Me contenha.

– Nhé.

Abri um vídeo de padrasto no oral. Não me excita; pelo contrário, me dá vergonhas, no plural, ser da mesma espécie de bicho que as pessoas dentro da tela.

– Então, pra que esse site?

– Pra alimentar minha raiva. Vou precisar de mais, pro divórcio que não quero contrair.

– Protege-te do teu perdão.

– Quanto custa uma transportadora daqui de volta pra São Paulo?

– Vai levar alguma coisa além de livro?

Janus mandou treze mensagens antes do meio-dia. Parei de ler na décima. A primeira se abriu em desabafo (obrigações de pai em conflito com as de marido), se esparramou em lição de moral fundamentada no capítulo 3 do Eclesiastes ("ninguém conserte erro de Deus") e concluiu em ameaça incumprível.

Até pode ter macho que domine a arte da birra adulta, mas nunca vi. Fora o Aquiles, na *Ilíada*, os que conheço se rebaixam ao nível de pirralho que estrebucha no supermercado, deita e soca o piso do corredor de doces. Casei com um que mal domina a arte da crase, puta que o pariu. E que usa "te amo" na posição de "tchau, fica com Deus".

A quarta mensagem continha arrependimento pelo descontrole da primeira. Mudei o fundo de tela do celular: sai Janus de boné do Juventus com o Leo no colo, entra cachoeira não identificada de banco de imagem. A partir dali, os contatos se alternaram entre *mea culpa* e cobrança pseudofofa porque eu não respondia.

– Desde quando ele tem tão pouco senso de responsabilidade?

– Em que sentido?

– No sentido em que prefere confessar e se punir por cem falhas que não cometeu a admitir uma que cometeu.

– E se ele não entende a falha como erro?

– Aí, ele é burro, pior que irresponsável.

Do que o marido tem medo? De que eu trepe com o sapateiro, vizinho da frente? Verdade que já fui mais gostosa, mas minha cotação não caiu tanto, senão atravessava a rua tirando a roupa pelo trajeto. Marido ciumento não aventa a possibilidade de que o vizinho feche a carranca?

– Que que é isso, minha senhora?

– Cubra-se, por favor.

XVII

Puxei, a aliança não saiu. Gemi de força, machuquei o dedo, entuchei de dor. Goles de fôlego se me caíram no chão para santo nenhum. Rosqueei nos sentidos horário e anti. Tentei tampa de caneta por alavanca, não coube. Mordi de língua o anel. O ressaibo de metal no bafo me tirou a fome; nutricionista que preste atenção nisso revolucionará a arte da dieta. Almoço: duas ameixas e uma lambida na maçaneta. Estapeei a mesa.

Janus não bateu minha palma numa escrivaninha de madeira maciça até que ardesse. Eu não devia me sentir violada. Ou devia, mas não por ele. Ou sim, por ele, mas não fisicamente.

Indaguei do Google – como tirar a
– como tirar água do ouvido
– como tirar a baba do quiabo
– como tirar a cueca sem tirar a calça

– como tirar a aliança para importunar
novinhas
– como tirar a aliança antes do
divórcio consumado

A pesquisa resultou em manejos que me considerei palerma por não ter previsto (tipo sabonete líquido), uma toupeira por aceitar (manteiga: o cheiro sai, a meleca perdura) e acéfala porque sequer entendi (amarrar fio dental? Fácil pro Google, que não tem mão; eu tenho, uma de cada lado).

Sem ter traduzido um mísero verso da *Ilíada*, desliguei o computador, gesto que marcaria o fim de uma manhã estável. Meço minha decomposição de mania em mania, não me comparando aos giros da Terra em volta do sol, o sol que se exploda. Hoje não teve grande coisa além disso, decomposição; o corpo dissipou horas de competência sexual, de ossos íntegros e de lucidez a troco de lhufas. Um versinho por digitar me consolaria (consolaria uma ova, mas me distrairia) do encurtamento: resta cada vez menos eu.

– Nossa, que dramalhão... Quer que eu rebobine a manhã pra você se ludibriar de trabalho?

– E ficar te devendo fineza? Me erra.

– Então, bola pro mato que o jogo é de campeonato.

Assumi derrota para a aliança engastalhada, rezei um Pai nosso que estais no céu, uma Ave Maria cheia de graça e um Salve Rainha mãe de misericórdia. Falo ao Criador e à Virgem, porém me dirijo a mim mesma, quem se beneficia da prece sou eu; ninguém rompe contrato de patrocínio com Deus se a gente para de consumir a imagem Dele. Filme de corno constitui todo um gênero de pornô moderno. A biscate fala “goza na minha aliança”. Um arrependimento: não contabilizo reza desde que aprendi a balbuciar com o mínimo de conteúdo. Quantas devo ter papagueado, milhões?

– Entrelaça os dedinhos, abaixa a testa.

– Fala com o Papai do céu.

Quem me ensinou? Se a Julia fosse a mais velha, eu teria ao pé de quem me informar. Oração não tem nada a ver com reza... Mentira, tem sim. Mas muita gente, até um ou outro padre, acha que tanto faz como tanto fez – aí, não. Devota que ora estabelece linha direta com Deus; reza é que nem grito de torcedora antes do jogo.

– E isso, quem te ensinou?

– Sobre esse ponto, não me informaria nem se a Julia fosse um matusalém.

Duvido que Ele tenha me escutado, mas não preciso acreditar para crer. Não respondeu, nunca responderá, coitada de quem espera, saia de perto de quem alega ouvir. Pior que profetiza de quermesse, nem as céticas que se insurgem e bramam que Deus não existe *porque* não se expressa. Quer blasfemar? Blasfema, mas capricha no uso dos porquês antes de espinafrar o Rei do universo.

Tá, concordo. O silêncio de Deus não espeta desassossego apenas no tímpano das céticas; fiéis convictas, inclusive minha tia Marina, perdem o sono por causa do que *não* ouvem. Eu, hein? Não me incomoda... Pelo contrário, eu me rebelaria contra um Deus que respondesse. Coloquei roupas sem dobrar, direto do cabide, em dois sacos de lixo verdes.

Busquei a Nossa Senhora no altarzinho da sala.

– Não. Não. Não.

– Por que não?

– Me larga, Isis!

Amarelei pruma imagem de barro, um sexto do meu tamanho. Minha avó, se contassem isso para ela, me empurraria para aulas de defesa pessoal: abaixe a cabeça quem não tem técnica para erguer os punhos. Na mala, as fotos impressas que afanei do meu pai, escova de dente e de cabelo, xampu, condicionador, a kalimba da minha mãe, o cacto de crochê que você me deu, lubrificante, estojo de maquiagem, pasta de dente, hidratante, loção pós-barba do Janus, secador, chapinha, nécessaire de remédios e o primeiro dente de leite que caiu do Leo. Sobrou espaço. Cadê a caneca da constelação de Áries?

Antes de fechar a mala, arranjo motivo para reabri-la, senão nunca mais. Incluo, portanto, uma sacola de bananas e um pote de iogurte natural: não abre para ver o que acontece...

Ajeitei a bagagem de frente para a porta, no meio do corredor, parecia oferenda ao altarzinho de Nossa Senhora. Recém-chegado que finja não ter visto merece o Prêmio Nobel do descaramento. Ou o da cegueira, caso finja bem.

Não há amor incondicional sem silêncio. Se Deus respondesse oração, seria pai com pê minúsculo, e não preciso de outro.

XVIII

Quem pinta o céu, São Lucas? Assistiu ao filme do Van Gogh e cismou de imitar ou enxugou uns copos além da conta? Esse roxo cor de crepúsculo horas antes da hora, olha isso! Que drinque São Lucas pede como marca registrada nas tavernas do paraíso? Inveja de quem se associa a uma bebida... No colegial, me uni à caipirinha de saquê (excelente álibi, as amigas que me atormentavam por não tomar cerveja se continham um insulto antes do desprezo); na graduação, sexta à noite sem Moscow Mule era terça de manhã (menos pelo gosto ou pelo teor alcóolico do que por me acharem um pitéu lambendo bigodinho branco esporrado de gengibre, quanta vulgaridade); professora fresca na carreira, meu estribilho era "campeão, opa campeão, desce um Fitzgerald" (troço que eu jamais falaria, não sei de onde você tirou); grávida, larguei tudo. Pena... Eu daria uma ótima alcóolatra, não fosse pelo medo de me embebedar. Pedia e peço a conta junto com o segundo copo. Fidelidade a um drinque ajudaria; vejamos se algum me anima a voltar para a birita e me conquista. A mensagem catorze ainda não tinha me atingido quando o telefone se acendeu e vibrou, portanto só podia ser o Janus, implorando alívio por ter me magoado.

– Perdão é formidável, mas Jesus não ensinou onde arquivar a dor que resiste ao perdão.

Não era o Janus. Notei o número desconhecido antes de meter um "portanto" entre ideias desconexas? Notei nada, justo eu que, devota de São Francisco de Assis, me dei à insolência de caçoar das céticas que se embananam com os porquês.

Quem cristalizou "falar é fácil" em refrão popular? Fácil, o cacete. Disposta a perder a guerra conjugal, repassei bronca ensaiada.

– Você não se coloca nem por um segundo na posição de quem...!

– E se fosse você que...?

– Você nem imagina o que eu...

Pois é, me dispus a perder; me vencerem, aí que a porca torce o rabo. Não pedirei divórcio. Desta casa, não parto, ninguém liberto: o que minha mãe diria se eu agisse igual a ela?

Nada. Minha mãe não diria nada, porque defunta não fala e não cabe no futuro, sequer no futuro do pretérito.

– Oi, linda.

– Quem é?

– Eu.

– Quem é eu?

– Quem é você? Minha princesa.

– Pai? Oi. Não vi que era você.

– E você é princesa de mais alguém?

– Que barulho é esse?

– Você tá ocupada?

– Ai, queria... Hoje tá devagar.

– Já almoçou?

– Sem fome.

– Estranho... Comi inteiro um frango de padaria.

– Vai ver é por isso que eu tô sem fome?

– Hehehe. Escuta...

– Espera. Que número é esse?

– Onze bilhões novecentos e oitenta e sete milhões, seiscentos e quarenta e oito mil setecentos e catorze. Esse número?

– Quê?

– Você vai ficar por aí?

– Pensando em ir trabalhar na praça, mas sei lá... Se eu precisar me defender, melhor tá em casa, né?

– Se defender de quem, filha?

Boa pergunta. Não sei a resposta exata nem a sagaz, mas certeza de qual ele antecipou para supor que eu me defenderia de um quem, não de um quê. Medo que minha mãe fantasmasse?

Pare de pensar com os neurônios por um minuto, Isis. Ok. Pense com os instintos. Meu pai se proporia a arcar com um preço exorbitante de táxi daqui para São Paulo; se eu resistisse, me cobriria de razão, o safado.

– Não te peço pra perdoar ninguém.

– Não te peço nem pra ter paciência com o chofer no caminho. Entra no carro no portão de casa e desce aqui pra me fazer companhia, só isso.

– É abusar muito?

É, sim. Mas, e daí? Eu não ia resistir. Se me pede para ir até lá, desembesto porta afora com a roupa do corpo e de telefone na orelha (xi, esqueci o carregador), nem falo “tchau, até daqui a pouco”, vamos conversando de Itatiba até o velório. Que diferença faz pro cadáver se compareço, se me ausento? A fêmea que habitou aquela carne teimosa, nunca mais aprazível, agora ineficaz em refrear a podridão, me ensinara que diferença faz para Deus. Por que não posso ter esquecido?

Não me pediu nada meu pai. Instinto falha igual neurônio ou ele, opositor aguerrido do prefixo ex, realmente ligou para propor que velássemos o corpo da esposa, mas mudou de assunto? Noutro dia, eu teria captado, no barulho ao fundo, de onde a ligação *não* veio; na disfarçada falta de apetite dele pelos meus fatos, que amor de verdade não dura para sempre, se consome e deixa resto, não deixa rastro, fenece. Por que não interferi? Porque não era outro dia.

– Tá tudo bem? Onde você tá?

– Jura que tá tudo bem?

– Não vá embora...

– A Julia tá aí? Não preciso mais de você, sua duração atravanca a minha, mas não vá embora.

Nunca será outro dia, todos os meus foram hojes. Por isso, não acredite em causa e consequência; o que aconteceu ontem não pode ter ocasionado isto aqui, porque ontem não era um ontem de verdade, sim o hoje de 24 horas atrás.

– Você e o Janus têm compromisso pro fim de semana?

– Não?

Esse ↑ ponto de inadequação me escapou. Desde que moro em casa que não lhe pertence, meu pai nunca se insinuou para vir aqui. E, se meu marido é previsível, conheço um relógio atômico que tem inveja do meu pai; nas pouquíssimas vezes em que sai do script, até solto o controle da pontuação. Imagine tirar um termômetro do sovaco e, onde se espera temperatura corporal em célsius, deparar com documentário canadense sobre baleias.

Combinamos que ele viria sábado, “ver o neto”, não mencionamos bate-e-volta ou que pousaria aqui. Ficou de trazer, para a gente experimentar, um pó de café xis, temperado com uma pitadinha de mel. O que me impediu de ser gorda, de ter tido fases sanfona de obesidade (fren) e magreza (fron) ao longo da vida? Eu daria uma ótima bulímica, fren-fron, fren-fron. A

Julia devia ter estimulado que esse homem se casasse de novo ou que sustentasse três quengas exigentes; agora ele teria cabresto.

Calculo todo dia, no espelho do banheiro, as chances de permanecer viva se dou um tiro debaixo da sobrancelha, dentro do ouvido, numa têmpora, na outra, num seio, no outro, no meio do peito. Quem me encontraria, a polícia? Ligariam sirenes, arrombariam portas? Quem limparia o chão e as paredes sujas de miolos e de ossos e de sangue e de fragmentos de tecido dos quais apenas médicos ou professores da área de biológicas conhecem os nomes? Quanto tempo marido e filho, fundidos num monstro de luto (num... marido + filho = marilho?) demorariam para de novo cagar em paz neste banheiro? Se é que não se mudariam de volta para São Paulo imediatamente...

Não sei atirar. Não tenho amigas que se arrisquem à penitenciária da lei ou à da consciência para atirar em mim. Nem arma. Nessas horas, um filho só não aguenta. Se o porvir fosse ideia minha, teríamos quatro: o primeiro, Ticiano, seria incumbido pela mãe, através de Deus, a puxar o gatilho; os outros (Terryam, Tadeu-o-decoroso, Tupã) comporiam plateia, séquito e tribunal do primogênito. Não custa sonhar...

A tibieza do primeiro filho parido me fez abdicar das gravidezes. Não descarto adoção, mas não há quem me persuada. E intimidade é uma bisca, convenhamos; quando Julia e eu morávamos com os pais na Vila Madalena, baseava-se no prazer a que alguém renunciaria pelos demais.

– Não pode fritar fígado. Sua mãe tem ânsia com o cheiro...

– Maquiagem na loja favorita, não. A gerente destratou sua irmã...

– Tira esse shortinho que mostra a polpa. O papai tem ciúme...

E por aí vai. Visitas comiam o fígado de quem lhes apetecesse (com cebola ou sem?), ganhavam de presente meu rímel, meu delineador e o esmalte da Julia, mostravam a raba na altura em que a vaidade ditasse. Até a linguagem se adaptava; durante a estadia das visitas, o léxico com que nos dirigíamos a elas, e umas ao outro, se aproximava dos sentidos que o dicionário prescreve. Longe de forasteiras, cada um(a) conferia às palavras suas acepções pessoais. Não exagere, não chegamos a desenvolver um dialeto familiar autônomo. Ninguém diria, por exemplo, *durant furten shond furten shand* por "nós matamos o cão tinhoso". Mas a gente se comunicava de soslaio. Trocávamos "esse terno não te-barra-me caiu bem" por "lembra do bar do índio na frente do Mackenzie?" sem danos ao entendimento; o terno, bye-bye. Se não existisse janela nem parede nem teto nem smartphone nem móveis nem chão, onde eu travaria o olhar quando entes queridos falam comigo? Meu pai aceitou que "comprei sorvete de jaca" supria "que saudade de você", e não questiono que rir pelo nariz substituiu "também te amo".

Não culpo meu pai por ter suposto que ouvi as entrelinhas e que nelas respondi "adeus, Evaristo, obrigado por tudo, tesouro", mas não; *I took him at face value*. Como se diz isso em português? Argh, tá atrás do canino, não tomba pra ponta da língua... Tanto faz, *I took him at face value*: só não assei bolo de mirtilo para sábado porque minha irmã esbaforida vai descer o dedo na campainha amanhã de manhã.

– Isis. Isis. Isis.

– Abre, Isis.

[Pausa. Dê uma olhada nas anotações do Ovídio Fuinha, detetive:] Evaristo Pastore de Albuquerque, evidentemente branco, idade confidencial, cidadão despatriota ítalo-brasileiro, torcedor do Clube Atlético Juventus a oeste do Atlântico e do Hellas Verona Football Club a leste, divorciado sem consentimento, não regressou ao seu domicílio ontem à noite, onde e quando não era esperado por ninguém, pois coabita(va) com uma técnica em limpeza e organização do lar, então em pleno gozo de férias remuneradas no cafundó do Judas. Visto pela última vez (o Dr. Evaristo, não o Judas) no cemitério ateu do Tucuruvi, durante o enterro da ex-mulher, Profa. Rebeca Rubens – deu aula para a minha irmã na USP, departamento de artes cênicas. Visto por quem? Nossa linha cronológica está torta de um jeito que dispara o meu TOC.

Nome de casada da professora, Rebeca Rubens Albuquerque, sem o *de* antes de Albuquerque. Proposital ou erro de cartório? Se proposital, com que propósito? Se erro, por que ninguém corrigiu? O Pernalonga devia mesmo ter virado à esquerda em Albuquerque?

Os depoimentos colhidos em sede policial se contradizem entre si que nem os livros da Bíblia: impossível estabelecer horário aproximado para o desaparecimento. Qual tentáculo da tarde de vinte de julho do corrente abduziu esse bem-nascido? Fumasse, ele gastaria mais em charuto de comunista por ano que eu em comida de capitalista a vida inteira. De onde a inveja, se eu também não fumo?

As filhas não batem lé com cré; ambas lindas, só uma enverga a lindeza. Sugiro reinterrogá-las daqui a tempo suficiente para que esqueçam o que agora alegam de cor e salteado. O delegado topa, ô se topa! Pega mal coroa impotente dispensar qualquer chance de bizoiar decote de dona cheirosa, a pilha de investigações suspensas não se queixa. Ah, Dr. João do meu calvário. Será verdade que ele esguichou na córnea dum larápio de botequim todo o desodorante do amigo secreto do DP? Pelo futum, verossímil que sim.

Sócias e funcionárias garantem que o Dr. Evaristo não se refugiou no escritório após o funeral, o que gerou estranhamento: cadê ele? Câmeras e guardas terceirizados corroboram que em lugar nenhum do predião da Av. Rebouças, réplica arquitetônica do Ministério do Amor. Ontem falei na palestra que não decido com qual dos dois simpatizo menos, com câmera ou com guarda terceirizado – mentira. Se tem algo que defino com firmeza, é hostilidade. Mas plateia de palestra tem qual urgência de saber disso?

Atenção: cederam as imagens de bom grado, antes da ordem judicial. Quem me promete que "não, seu Fuinha, ninguém editou nem cortou um *frame* disso daí"? O correto, sabe qual é? Solicitar perícia de áudio e imagem, mas o Dr. João vai franzir o cenho no DP, e esta suspeita não é das que valem careta.

As reuniões do dia haviam sido remarcadas pela secretária pessoal do Dr. Evaristo na véspera, ou seja, antes do falecimento da ex-mulher. Com que intuito o discreto patrão (o último dos cavalheiros desta cidade, me chama(va) pelo sobrenome, ah se tivesse uns vinte anos a menos ou eu tivesse uns vinte a mais), em vez de averiguar se a Srta. Marques faria a gentileza de biriri-bororó, ordenou, com uma rispidez que nem parecia a dele, que as alterações na agenda fossem executadas sem tato nem subterfúgios?

– Reunião cancelada porque o doutor Evaristo tá de saco cheio.

Aristocrata que afrouxa o requinte, não é que tenha se desinteressado da vida; a vida que se desinteressou dele. Quantas reuniões a Srta. Marques cancelou a mando do chefe? As versões divergem nesse ponto; uma das sócias afirma que totalizam duas, enquanto todas as outras indivíduas ligadas à empresa dizem três. Não deveria ser o contrário? É plausível que alguém do topo da hierarquia desconheça cronograma do qual até o faxineiro estava a par? Por que a sócia mentirosa mentiria? A secretária teve o que a ganhar cancelando uma reunião por conta própria?

Todo mundo ali empolgadíssimo para se gabar das atividades profissionais. Me poupem. Esqueci, de propósito, até o ramo em que operam. Se dessa informação dependesse absolver meus três filhos da cadeira elétrica, chutaria – imobiliário?

Nenhum dos acidentes reportados na Zona Oeste inclui vítima com as características do desaparecido. Diga-se o mesmo sobre assassinatos e sequestros no período em pauta. Viaturas da Polícia Militar patrulharam os entornos em operação malsucedida de busca ou resgate.

Jornalistas e influencers gastam a palavra "mistério" como se a Academia Paulista de Letras tivesse costureiro que a remendasse. O caso é intrincado; mistério por trás, não há. O Dr. Evaristo se transpersonalizou, isso é óbvio. Cadê o mistério?

Adiante, não por trás: por que ele mesmo me designou para investigar o caso como se de sumiço se tratasse? [O restante das anotações de Ovídio Fuinha, detetive, assim como as páginas de diário que precedem os parágrafos acima, nada tem a nos acrescentar. De volta ao dedo na campainha, à campainha no dedo:]

– Isis. Isis. Isis.

– Abre, Isis.

– Desculpa a demora. Preferi falar pessoalmente, pra te dar a oportunidade de me bater.

XIX

Meu pai dava expediente fixo de catorze horas. Mal e mal se concedia fim de semana; feriado, observava Natal, Réveillon e aniversários de filha. Desviava de férias ou de licenças não impostas pela esposa. O recorde de horas extra (ao que me conste) se deu quando saiu de casa às seis de uma manhã e voltou às duas da seguinte. Julia e eu não perdoávamos, dizíamos que chefiava uma família na Zona Oeste e outra na Leste, que namorava uma devassa para cada cueca.

– Como não confunde, pela cor?

A gente lhe roubava timbre e gestual (sim, era roubo, nada de imitação), lhe socava barbaridades boca adentro; barbaridades repolhudas, ele até lacrimejava para engolir. Meu pai se veria desprovido de barba real que coçar enquanto uma das duas exagerasse coceira em barba imaginária.

– Espera... Você é a azul de bolinha ou a salmão?

– Suas irmãs do Tatuapé não me tratam assim...

Quem inventou que toda brincadeira tem fundo de verdade? Aquela não tinha. Nem fundo de verdade, nem graça. A piada das cuecas compensaria se minha mãe se zangasse, defendesse a honradez da roupa interior e a sacralidade do matrimônio, mas não. Entrava no jogo, recordava ter sido a risca-de-giz, desvelava que segunda família éramos nós outras.

– Papai tava preso à Eulalia quando se adoidou por mim.

– Não recrimino. Eu também me adoidaria por mim.

Não nos ocorreu sondar, "como assim, Eulalia? Existiu mesmo uma Eulalia, a primordial?". A palidez do meu pai ao fim de uma jornada de trabalho, em vez de lívida, era cinzenta. Dormia pouco, comia menos e não se exercitava. O abatimento valia como prova de fidelidade: homem que funciona na base de remédio para a cabeça de cima não há de tirar grandes proveitos da de baixo. Perdia a voz e caía de cama, delirante de febre, de outono em outono. Acabava internado com maior frequência que os pais dele, meus avós, velhos a ponto de terem militado contra as Diretas Já. Os médicos do Hospital Girondino comentavam que enfermeiro novato na ala de estresse podia fazer estágio com o Seu Evaristo.

– O senhor chegou antes de mim, né Seu Evaristo?

Não convivia com os amigos, se é que os cultivava. Deixava a TV ligada em leilão, disposto a não comprar gado nem tapete. Zoamos até que mudou o canal pro de esportes americanos, dos quais nunca desvendou as regras. Navegava em sites de empresa ociosa, fuçava em aplicativo de banco onde não investia nem guardava um tostão. Lazer é pra vagabundo; repeliu o videogame quando começou a tomar gosto por *Soul Merchant 5*. Estimulava a gente na direção oposta.

– Chega de estudar. Vai tomar sol. Vem.

– Hoje tá pra cobertor e chocolate quente, falta da aula. Precisa de atestado?

Nos incentivava a frequentarmos o Clube Toledo, onde não pisaria nem se o arrastassem, para conhecermos sócios que ele atravessaria a rua de farol aberto na frente dos ônibus para evitar. Não dava bronca, não pedia satisfação diante de supostas imoralidades, não levantaria suspeita contra as filhas nem perante prova cabal de traquinagem. Recusava-se terminantemente a inspecionar boletim de escola, mesmo prevenido de que a pior nota seria oito: "vão puxar a inteligência da mãe de vocês? Tô na pica do Saci". Ela, entretanto, contestava o fardo de ser nossa única superior imediata. Reclamação justa, sim, mas para quem?

– Quase não paro em casa de olho aberto e na vertical.

– Imagina se o pouco tempo das meninas comigo for gasto em cobrança, em pegação no pé? Vão garrar nojo do pai.

O remédio para dor de cabeça, ingerido que nem paçoca, perdia a eficácia em dezoito meses, no máximo. Para se safar de exames, diagnósticos e tratamentos, o paciente comprava receita; de preferência, longe do consultório e através de intermediário, pois medicastro antiético também pode sucumbir à tentação de praticar a medicina (entrarei em toda casa pelo bem do doente), que nem padre pedófilo mantém os poderes para exorcizar, desde que fora de si, os mais implacáveis demônios (levar a todas as gentes a Palavra e a doutrina). Perversidade não anula talento, ruindade não silencia vocação.

Quem notasse que meu pai se viciou em analgésico ou, mesmo sem notar, se inquietasse com a saúde dele, enfrentaria reação semelhante à gerada pelos comentários sobre família clandestina na ZL: minha mãe se ria do "abuso de entorpecentes" do marido. E, lá em casa, não se levava a sério perigo não credenciado pela seriedade dela; postura de qualquer família cristiana temente ao Temível, diga-se de passagem. No altar do casamento, o padre confere à noiva "função inalienável de filtro moral do cônjuge e da prole de ambos". Que mulher selou esse pacto com Deus? Eva que não.

Não cabe a mim especular qual família menos sólida, a que formei ou a que me deformou. Transgrido pacto com Deus? Nem por sombra. Mas fui eu que me fiz? Chamo o Fazedor e exponho o aborrecimento.

– O pacto é esse mesmo, filtro moral do bando?

– Talvez *pacto* não seja a melhor palavra, apesar de constar da liturgia. Mas, sim.

– Então não seria melhor se Você tivesse me dado predisposição pra filtro?

– Não. Cadê a graça? Cadê o desafio? Se Eu te criasse coador de café, te usava pra preparar Meu pingado em vez de te jogar na Terra.

Se me desviei muito, Vossa Perfectibilidade me envie, por obséquio, um sinal, mas crio o Leo quicando de volta para ele as responsabilidades que ousa me transferir.

– Se sair pela culatra, quem se lasca não sou eu.

– A decisão é sua.

Por que Deus não risca de caneta vermelha nossos erros e não nos aplica uma nota de zero a dez? Abaixo de sete, eu me emendaria. Meu brasão de mãe traz um escudo português, de goles, com um carrinho de bebê; dentro do carrinho, mão de criança com a cruz do Nosso Senhor; sobre o carrinho, uma coruja-buraqueira com o pescoço girado setenta e cinco graus à esquerda de quem vê; no listel, o lema, *problema tui, fili mi*, traduz-se do latim como "problema teu, meu filho". Ninguém toma como corpo mole, pro meu espanto. As mães dos amiguinhos, no café com bolo das reuniões de escola, me chamam de exemplar, de sábia. Entusiasmada, cunhei um versículo de Evangelho e o atribuí a Mateus (6:35-36, não procure): "da tua água, não limparei, nem da água do teu irmão, pois o reino dos céus pertence aos sedentos, não aos purificados". Homem feito, esticado dois palmos acima da minha testa, o Leo me contará que, antes de ler os Evangelhos canônicos e os apócrifos, deduziu que meu versículo de cabeceira não constaria de nenhum, pois a Paixão de Cristo não se passa entre os rios Tietê e Pinheiros; não havia necessidade de (nem ciência para) limpar água. Espertinho da mamãe.

– Por que você não me corrigiu?

– Você se empolgava tanto...

Em parte, por comportamentos assim, nunca me considerei adulta. Fui bebê, menina, mocinha, moça, senhora, velha, velhinha, vegetal, corpo inânime, recheio de caixão, alimento de fungos e bactérias, ossos exumados. Já reparou que as fases da vida giram em torno das letras eme e vê? E que diminutivos não se empregam apenas para descrever objetos pequenos, mas também para diminuir mulher de tamanho normal? Dos 25 aos 66, oscilo entre adolescente tardia e idosa precoce, me empenho em ser irmã do meu filho e acabo avó.

Estou tentando dizer que não tenho a _________ dos meus pais, para me conceder o título de adulta em pé de igualdade com eles, mas não sei preencher a lacuna. Que traço me separa de adultos autênticos?

a) Resistência à dor (ninguém que chore por unha quebrada se bastará quando tocarem as sete trombetas);

b) Lógica desobrigada de curiosidade (o dia em que a cor do ciúme ou o que existe atrás do chão do oceano deixe de me inquietar, parei de ser eu);

c) Consciência (toda vez que subo numa balança, erro quantos gramas de bestialidade integram meu peso, e não sou bandida nem vou pro capeta por abrigar no pulmão uma ratinha que desconheço, feita de barbárie);

d) Tolerância (ou como se chame o que leva alguém a aceitar as concessões que fez; "moderação", "altruísmo", "condescendência"? Sabe-se lá);

e) Todas as anteriores;

f) Nenhuma das anteriores.

Talvez não tenha a ver com traços. Com o quê, então? Minha mãe, consultada a respeito, insinuava ter pouquíssima _________ e afirmava categoricamente que meu pai mal reconhece _________ se lhe cair no coco. Pode ser... Mas há controvérsias, há contradições.

XX

Ninguém ficou a par do câncer de próstata, nem minha mãe, que era o HD externo da consciência do marido. O diagnóstico dele e a primeira menstruação da Julia nos atingiram na mesma semana, mas uma coisa não tem mais relação com a outra. Ufa. Na época em que a gente nasceu, ela teria sido indiciada por homicídio adventício. Ou por tentativa de; afinal, meu pai não sucumbiu.

Detectaram a doença antes do estrago porque ele pisou torto em linha certas entre reuniões, catou cavaco por metro e meio de escritório e deu de cabeça na quina de não-viu-quem, duvido que de alguém que tenha se culpado por não ter previsto que a sina do chefe colidiria em cheio com a mesa. Desmaiou de supercílio aberto e se converteu em pesadelo recorrente da Srta. Marques, secretária abaladiça, de saia curta até o limite do ambiente profissional apertada sem desconfiômetro, que nunca tinha visto tanto sangue nem em filme, socorro. Se eu sentisse o cheiro impregnado no carpete, demonstraria alguma boa vontade por você, sua sirigaita. No pronto-socorro do Girondino, não foi esta mão aqui, nem a da Srta. Marques, que meu pai acordou segurando, mas a do enfermeiro Epaminondas, de reputação ambígua.

– Foi só um susto, Seu Evaristo. Passou.

– Que é isso?

– Na sobrancelha, pontos. No ombro, tapinhas.

O médico havia submetido o paciente desacordado a um checape geral; rotina, nada demais, aproveitar que o senhor tá aqui. Nada demais até que o resultado dos exames muda o passado, transforma rotina em fruto de intuição.

– O doutor Priscilo recebeu um sinal de Deus pra salvar o senhor.

– Aleluia!

Graças ao diagnóstico precoce, meu pai não perdeu o cabelo remanescente nem a barba, que proibíamos de cair. Precisaria dormir no Girondino as noites de medicação, mas conseguiu (acordo de cavalheiros, sem pôr a mão no bolso) que o doutor o liberasse para casa, de onde não chegaria nem perto, porque prescindiu do cuidado nosso.

Ao juiz de paz não cabe escolher as palavras com que interroga o noivo e a noiva: Evaristo, é por tua livre e espontânea vontade que tomas Rebeca como esposa? Espontânea, sim, meritíssimo, mas, se fosse livre, não era vontade.

Para não dormir em casa sem gerar alvoroço, há de nos ter engambelado com algum conto de viagem a trabalho, mas não tenho acesso a essa recordação. Por quê? Por falha de memória ou porque meu inconsciente bloqueou o dissabor?

Meu pai enfrentou o tratamento: desamparado pelas fêmeas que benqueria e custeava ou livre das mulheres que admitiria como da mesma raça que ele, com quem dividia, por fa(r)do, o piso que minha mãe escolheu, o teto erguido para manter a temperatura corporal dela saudável, o filé malpassado (do qual ele vence ou tolera o nojo para comermos no único ponto em que a carniceira considera aceitável), ambos os cheiros (o que herdamos e o que impregnou nele a cama onde se deitam juntos quando a perfumosa não o castiga por mau comportamento)? Confrontado como nunca será, diria que não quis incomodar à toa, não havia motivo para a preocupação que não nos causou.

– Sabe como a sua mãe fica...

De alta do hospital, voltava para onde? Pro escritório. Funcionários fofocavam sobre o abatimento do chefe. Ouvir e repassar faz bem para a pele, desopila o fígado. Então, por que ninguém abriu a boca depois de flagrá-lo deitado de dor em cima da mesa?

– Fofoca é gênero literário. Amarrotar a solidão alheia, filha-da-putice.

– Devia tá doendo pra caramba se deitou na mesa, não no sofazinho.

Desconfiamos que ele estivesse doente, óbvio (ninguém aqui é otária), mas já desconfiávamos enquanto se manteve, em tese, saudável e continuamos de orelha em pé depois que se curou. Atribuiu sintomas e efeitos colaterais visíveis a uma crise na empresa; eu os listaria (a palidez progrediu de cinzenta para esverdeada, tontura depois das refeições, alergia à roupa, queda de libido), mas sei distinguir sintomas da enfermidade de efeitos colaterais da medicação? Sequer constatei que o homem que por mim mais se inflamou teve câncer...

Apesar de, por ciúme (de mim? não precisava), ele ter cometido a descortesia de afirmar o contrário, foi meu único pai desde que nasci. A partir de 2018, se desdobrou em pai da minha irmã ao mesmo tempo que meu. Nenhuma das duas o acataria como *nosso*; era meu e dela.

XXI

Não suspeito que acabamos de nos falar pela última vez, meu pai e eu. De que dolorimento sairia uma ideia dessas?

– Amor?

– Oi.

– Amor!

– Quê?!

– Meu pai vai cair no mundo.

– Hein?

– Aham.

– Como assim, cair no mundo? O que ele disse?

– Pediu pra vir aqui.

– Que mais?

– Mais nada.

– Então, calma, né, Isis? Ele não vai cair no mundo.

Caiu. Rebatizou-se em religião pagã, na qual granjeou um nome livre do título de doutor sem doutorado, enraizou-se em solo de onde não brotara, nasceu em dia diferente daquele quando saiu da barriga da minha avó, aprendeu de ouvido a gramática de um dialeto brasileiro do qual se converteria em falante nativo. A etnia nova: escolha dele ou consequência inevitável de tantas metamorfoses?

O que naquela conduta assombrava? Que, estatisticamente, poucos ousariam transgressão semelhante? Acho que não. Que meu pai não dera indícios do que estava por vir? Há de ter dado... Nós que não reparamos ou, na falta da minha mãe na função de filtro familiar, não nos preocupamos.

Tanto faz.

Se a gente tivesse antecipado os movimentos dele, adiantaria de quê? Quem some embora não enfia as tranqueiras num saco de lixo, independentemente da cor do saco verde, não se paralisa, não rumina. Só vai: de passinho em passinho, peque-peque-peque, de salto alto ou de coturno ou descalça. Nada teria dissuadido meu pai, nem se uma de nós duas lhe arrumasse o inconcebível bisneto.

Não me expliquei bem...

Ao contrário do que quero para mim, meu pai nada teve do típico canalha que desdenha a família: estrebuchem de fome embaixo do Minhocão porque me entreguei a um cabeleireiro do Morumbi, tchaaa-u. Nada disso. As filhas estávamos criadas, já nos afligiríamos por barba branca e calvície se tivéssemos nascido os homens que ele pediu, mas Deus não concedeu. Ademais, não carregou uma graça furada do patrimônio; reverteu e centralizou tudo numa *holding*, cuja principal incumbência consistia em prover para que as filhas jamais sofressem da enxaqueca financeira que assola 68% da população desta terra. Só em mim deu piripaque porque a representante da família na tal *holding* seria a Srta. Marques. Não que a Julia dominasse segredos por mim ignorados; acho que, no susto, usei todo o espanto disponível para nós duas.

Meu pai debandou, não para fugir de vergonhas ou de encargos; debandou porque a personalidade se dissolveu em outra. Não fui, não posso ser, filha de quem ele se tornou; a Srta. Marques não era, não faz sentido que seja, prefiro-nem-pensar-o-que de quem ele se tornou.

Repito, nada teria dissuadido meu pai. Atravessar pro lado de lá das soleiras parece o momento chave do abandono, mas só parece. Pergunte a qualquer porta, quem desama já se põe inalcançável do lado de cá.

XXII

No terceiro ano de sumiço, Julia registrou meu pai como morto; trocou, sem a minha assinatura, declaração de ausência permanente por atestado de óbito (ouvi dizer que tem médico e tem notário que pula da Ponte do Piqueri se mulher bonita ordena fazendo beicinho). Organizou funeral *petit comité* e se fechou em luto clássico; trajava preto sem maquiagem, dosava a melancolia, impediu a filha e o ex de usarem fone de ouvido em público, seguia à risca uma tabela de jejum, só para dormir soltava o coque. Não lembro de ter visto (nem de vir a ver) luto tão conseguido. Tudo discreto, tudo sóbrio. Um detalhe, porém, escapou ao refinamento geral – coveiros enterrarem caixão vazio em vez de cheio. Não critico... Quem não está à mercê das gafes?

Respeitei a postura da Julia, apesar da relutância a acionarmos a Srta. Marques na Justiça. Por que empresas e religiões se ouriçam contra desistir? Campanhas motivacionais sinceras molham os olhos de qualquer cristã.

– A arte de se dar por vencida. Colha os cacos com dignidade.

– Não é o seu momento. Você não consegue.

– E a culpa vai ser sua.

Não compareci ao velório nem à missa de sétimo dia. Me

convidaram para que o convite chegue, não para que eu dê o ar da graça. Sem a presença do morto, pareceria casamento unigâmico, daqueles de uma pessoa só.

– A senhora se aceita como sua legítima esposa?

Se me resta tempo, prefiro não desistir logo que acaba a esperança. Não deixei de espalhar nos postes cartazes e nas redes memes de procura-se; gastei o equivalente a dois anos sabáticos em advogada e detetive. Tantas vezes insisti na polícia pela reabertura do caso que me incluíram na mesa de truco de alguns plantões. Jogo às duras e sem diversão, mal acerto qual carta vale espadilha no sotaque de baralho das fardadas, mas sempre aceito o convite à jogatina, para não desamigar ninguém.

Que pena da doida aqui! Busca o pai enterrado, não para nem depois de homenagem póstuma da prefeitura e dos oito parágrafos de obituário no jornal impresso, Virgem Maria. Em tom de conselho, Julia me repreendeu por não dar aos mortos o descanso; em formato de piada, mencionava minha expressão de gato sacudido. Talvez ela considere que travamos brigas sérias, várias. Exagero... Do meu ponto de vista, séria, séria mesmo, só a briga que nos cingiu diante da notícia apurada (às custas de quem?) pela Agência Horácio Branco de Investigação e Futrica: meu pai capinava chão no interior de Santa Catarina, serviçal de grande estima dos senhores de engenho da região, não obstante sua utilidade pouca ou nenhuma na fazenda, lá no beleléu, onde morou de desfavor todos aqueles anos, inacessíveis a números, pois, para contá-los, eu não poderia estar narrando em verbos no passado o que virá adiante. Morreu daqui a décadas, numa idade que pedira a Deus para não atingir: solteiro de nascença, analfabeto, pobre de uma pobreza de comer bota e chupar os pregos, sem ter se reproduzido, pardo, pai de ninguém.

Exames de DNA confirmam que o lavrador catarinense escravizado e o empresário paulistano desaparecido compartilharam pele, arcada dentária, órgãos, medidas, unhas. Pros peritos, evidência inconteste de que se trata da mesma pessoa. Para mim: cacilda, eu devia ter explicado que estava atrás de um indivíduo, não de uma pessoa.

Chispei para Santa Catarina, repatriar o corpo. Janus embarcou junto (parabéns para ele por não ter esgoelado resposta às minhas indiretas) e pinçou os arquivos do câncer de próstata numa torre de tralha que meu pai construiu dentro dum casebre de tábua na zona rural de Conchita, um vilarejo que só tinha mapa desenhado à mão, vendido na sapataria.

Já era hora de enterrar um pai. Julia não reconheceu o meu como dela pela primeira vez na nossa irmandade e não assinou a porra do papel me autorizando a levá-lo pro Cemitério dos Dardanelos. Compreensível... Senão, teria que prestar esclarecimentos às autoridades mortuárias por ter enterrado três genitores.

– A senhora, por acaso, perdeu o pai, a mãe e o Espírito Santo?

E agora, que que eu faço? Me divido entre sepultamento clandestino (no jazigo da família? que bagunça!), cremação para guardar a urna em cima do criado-mudo ou abrir processo contra a Julia (pelo quê, ocultação de cadáver, falsidade ideológica?). Me decidi pela opção do meio. Graças a Deus. Se escolhesse a clandestinidade ou a lei, eu teria descoberto que o caixão da fraude não estava vazio.

XXIII

De acordo com a Secretaria Municipal de Diversidade Econômica, cozinhar em território paulistano é ocupação "doméstica ou subalterna", restrita a mulheres e despossuídos. Homem do salário acima de três mínimos flagrado de panela em punho paga multa em dinheiro tal qual em vexame.

Defasagem biológica (realizar tarefa exclusiva do sexo oposto) e desnivelamento social (não agir segundo a própria classe) se alternam no topo da lista de delitos mais comuns desde a Revolução Cristiana. Quem não preza pela ordem se aperreia, sugere que a prefeitura criminalizou certas práticas para que a população sustente a prefeita à base de multa – ladrona, malcomida.

Não aprendi a cozinhar em casa, de onde levei cartinha pro colégio, solicitando à cara Profa. D. Beralda dispensa das aulas de culinária e prendas do lar.

– Isso vai te atravancar a vida, menina.

– A mamãe acha o quê, que mora em Estocolmo?

Eu não tinha idade para saber, e de fato não sabia, a definição de atravancar, muito menos as implicações socioculturais de residir em Estocolmo por oposição a lá em casa. Apesar de não parecer, minha mãe já era biruta; se eu tivesse repertório para ler o que via nela, teria me apavorado menos quando ela renegou Jesus dali a alguns anos? Provavelmente. Mas não teria doído mais à medida em que eu compreendesse?

Minha melhor amiga, a Cármen (aquela que, quando eu

me casar em outro bloco do tempo, me cochicha inveja de madrinha ao pé do escutador) achava o máximo as extravagâncias da tia Rebeca. Lógico... No clã dela, meninos e meninas cumpriam com o código civil. Além do mais, quem colegas da terceira série apontavam que nem aberração de circo duas vezes por semana, quando não podia entrar na aula da D. Beralda, ela ou eu?

Minha avó não se conformava. Sob o império de que heresia, de que encosto, alguém priva a própria filha da capacidade de se nutrir e de prender marido pela barriga? Tentou me ensinar escondido; vinha de Itu em horários estratégicos e subornava a empregada por sigilo (ou chantageava?), eu que não aprendi. Minha avó responsabilizava pela inépcia da neta: o sistema educacional, o governo, a baderna generalizada que prenuncia os fins do tempo, esta cidade terceiro-mundista sem lei, sem dono. A Rebeca, tadinha, se vira como pode, mãe excepcional. Minha avó morreu com dificuldade de engolir ter gerado uma ateia, né, vó?

– Morri. Daqui a pouco, vou reencarnar e ainda vai ser difícil engolir.

– Claro que ela acredita em Deus! Onde já se viu?

– Você acha que a Rebeca não reza? Ah, reza. Na hora que a água bate na bunda, pode ser que não. Mas, na hora que a água bate no bigode, todo mundo reza.

Meu marido enxergava cada prenda do lar de que eu carecia. Botava reparo não; estranhou quando perguntei se não se incomodava.

– Com o quê?

O *melhor* cego é o que não quer ver, disse o que não tem olho. Chegando em Itatiba, cozinhar era pré-requisito para a empregada que contrataríamos. De primeiro, recém-casados na Pompeia, pagávamos cozinheira. Demos a sorte de que a vizinha chiliquenta, três andares abaixo, fosse a D. Gumercinda Saraiva, chef aposentada do Trocadero. Mandava a neta, Sofia, de uniforminho engomado, entregar almoço na nossa porta todo dia útil. Cobrava pouco acima de preço simbólico; autoestima, afinal, não enche bolso. Olha, aquela ali desceu do céu pro bico da cegonha com o dom da gastronomia, aturava prazer entre artístico e sexual picando cenoura, refogando cebola. Eu, não. A Marginal às seis da tarde me vexava menos. Até que...

Não me exponho a nada importante sem consultar bibliografia. Magra, li um par de livros e oito artigos avulsos antes de escolher a massa do casamento; barriguda, li um monte sobre gravidez e criação de filho. Por acanhamento, não contei para a obstetra que minha mãe quase morreu e quase me matou durante o parto, nem que nasci com uma malformação congênita. Por isso, precisei eu mesma descobrir que os zero vírgula quatro miligramas de ácido fólico receitados não bastariam e precisei eu mesma aumentar a dosagem em dez vezes. Os textos instrutivos são chatérrimos (150 páginas sobre os efeitos paradoxais da hepatocarcinogêse em roedores? Só aconselho se evitar que você desencarne estirada numa mesa de parto); os delirantes, aí sim, recomendo (as autoras que chamam gravidez de aventura me divertiram, as que sabem com que parte do pé o bebê chuta dependendo do signo sob o qual nascerá tendem a escrever bem).

Um livro meio esotérico advogava que todo mundo, sem exceção, cria imagem mental positiva dos pais (inclusive órfãs que nunca chegarão a conhecê-los), mas que só mantém essa imagem intacta até a vida adulta quem os viu cozinhar: horrível, uma lambança sem o menor rigor científico. A autora cita entre aspas e à exaustão psicólogas e neurologistos contra quem nunca ouvi queixa, porém não relaciona uma citação às outras; menciona o resultado de estudos das universidades regadas a dinheiro californiano, mas omite a premissa. Não me convenceu. E daí? De vez em quando, tomo atitudes ao *não* ser convencida de que trarão benefício. Aquela asneira despertou em mim (eu tenho cada uma...), despertou em mim escrúpulos alimentícios. Tanto faz psicos e neuras: que lugar mais apetitoso para um filho comer que a mãozinha da mamãe? Literal ou metaforicamente, a gente resolve depois.

Aprendi a cozinhar seguindo tutorial de internet. Qual é o contrário de entusiasmo? Pois foi o que acarretou aqui em casa minha versão mestre-cuca. Quer prova? Vamos lá... Quantas das mulheres que te estragaram você associa permanentemente a uma iguaria caseira pela qual nunca pagou nem deu gorjeta? O risoto da minha mãe faz suicida usar capacete, o tabule da empregada é de comer rezando, a vó prepara uma vaca atolada que dá na gente remorso de cagar. Quantas você despertou de sonhos intranquilos ou arrancou da frente da novela ou privou do colo de um amante para encher a sua barriguinha? Ninguém me coagia ao fogão; pelo contrário, me poupavam.

– Não precisa. Você tá cansada.

– Tô?

– Não prefere encomendar no chinês?

Eis a tua prova: se homens não tiram vantagem de trabalho doméstico não remunerado da mulher, o trabalho presta menos que os homens. No mínimo dois dos três habitantes deste lar soltariam fogos e executariam a dança da vitória (tum-tá, tum--tá, cima-baixo, cima-baixo, gira) se eu aposentasse o avental do Chapolin e a luva térmica sem estampa para esperar pelas refeições lendo amenidades na sala, de pés pro alto, em temperatura ambiente ou condicionada, e pedisse pizza de manga com alho até no café da manhã. O Leo somava aos trancos e barrancos um, dois, três, quatro anos quando me perguntou "ma-nhê, ontem você vai cozinhar ou a gente come coisa gostosa?". Demorou para aprender a ordem dos dias: ontem, hoje, amanhã.

– Aí, ontem de novo?

Janus cantava os louvores e os perrengues das cozinheiras locais, tramou conchavos com entregadores de marmita, planeja trocar a fechadura dos armários de ingrediente e não copiar a chave para mim.

– Tá chato de comer?

– Adivinha o que mais tá chato.

Por que, então, perseverar na ingrata tarefa? Sei lá. Tem síndrome do ninho vazio, né? Manifestei sintomas acho que de síndrome do ninho cheio. Esse criaturo não cresce, não pula a janela para se drogar pelos becos? Não curti saudade das alunas durante a licença maternidade, nem do Leo quando ele começou o berçário.

Por essa época, traduzi por conta própria, editora nenhuma encomendou, um livro com as conversas dos mortos ilustres da

Grécia quando se trombaram no Além; concluem todos, invariavelmente, que obstinações, fortunas e martírios são fúteis do ponto de vista da morte, o único absoluto, o único real. Não me restava tempo para pensar em nutrição de neném, mas, como dizia minha avó: mente cheia, laboratório do diabo. Azucrinei a diretora do berçário, solicitando reuniões extras para discutirmos lanche, merenda, almoço, quantidade de refeições, sabor da pasta de dente, intervalo apropriado para a soneca depois de papar. Para quem Helena é um cadáver decomposto, Helena nenhuma, nem a de Troia, compensa guerra.

Encarando a questão alimentícia em termos francos, eu me resignaria e penduraria as panelas, porque qualquer termo que se pretenda franco envolve competição com a minha mãe, e não me meço por aquela zinha (o espectro dela que uive em derrota). Teria sido uma lástima, teria me desencaminhado da euforia de cozinhar. Minha avó outra vez: o passado a Deus pertence.

– É por leite derramado que se chora.

– Uma única lágrima já escorreu por leite dentro da garrafa?

O que mudou? Parei de me concentrar no sabor, no hummm do sabor: bater claras não pode antecipar as camadas do bolo. Chocolate é ingrediente, não cobertura, muito menos pecado.

Pouco a pouco, peguei os macetes da temperatura ideal, do ponto de cozimento, do que significa ousadia quando o assunto é salada; de firula para a plateia invisível, sei até em que parte da frigideira quente (e em que momento) posso dar soquinho sem me queimar. Não ouvi inteira uma única música desde que o Leo nasceu. Claro que tive tempo; por acaso, amamento com a orelha? Mas mãe que é mãe se sacrifica – quem desmente esse adágio? Eu, não. Por isso, me castrei até onde não tinha nexo.

Cozinhar passou de martírio a hobby no instante em que percebi: não vou ser uma negligente que ouve música se... ouvir música enquanto cozinho pro filho, eureca! Desenterrei os discos do Velvet Underground e os do Jards, desempoeirei a vitrola. Aliás, cozinhar proporciona um baita acompanhamento visual para qualquer melodia. Ninguém que escorra macarrão ao som de *La Traviata* na voz da Pretty Yende mastiga macarrão do mesmo jeito depois. Meu toque secreto, sincronizar o jorro d'água com a frase *addi-iooo de-el paa-ssaa-tooo be-eeei so--gniii ri-iii-deeen-tiiiiii*; duas ou três notas penetram na massa e explodem al dente no palato (quando as três vêm lá bemol, *mamma mia*).

Idealizo clipes de refeição em preparo, nunca filmo. Quando a complexidade do prato demanda, sento no escritório e esboço decupagem com papel e caneta: ângulo de cada quadro, sequência da narrativa, movimentos de câmera. Assim que o cheiro fica adequado, rasgo o papel e embolso a caneta.

– Lasanha borghese ao som de clássicos do jazz.

– Especialidade da casa, indicada ao Oscar de direção de arte e ao Globo de Ouro de melhor molho ao sugo em comédia ou musical.

Elaboro o cardápio do trimestre antes de definir a playlist e reviso a cada 23 dias. Em manhã ordinária, agora que eu teria deixado um bife no piloto automático para receber o Leo na sala?

– Santo Cristo, olha a hora.

– Onde você enfiou a manhã que tava aqui?

Se eu tivesse traduzido hoje, povoar meu corpo pareceria menos com não conseguir devolver na loja sapato de tamanho inútil? Abri os dicionários, cheguei a despir minha personalidade lusófona no hall da *Ilíada*, porém frustração dá preguiça, vontade de me encolher no canto até morrer de sede. A manhã se desvaneceu sem me alertar; às vezes, reprimenda é melhor que silêncio.

Traduzir prosa ou poesia configura ofício, dar aula para as filhas das outras sobre uma civilização morta também, mas fazer almoço pro filho meu não ter que jogar malabares no farol, aí não é ofício – quem determinou uma brutalidade dessa? Nem me fale em dinheiro. Eu devia fazer o quê, imitar a D. Gumercinda e mandar a Sofia de uniforminho engomado toda vez que ele grita a três cômodos de distância "mã-nhê, tô com fo-meee"?

– Ma-nhê, que que tem pra comer?

– Estrogonofe de frango, vinte graças e noventa centavos. Sobremesa, fatia generosa de torta de reforma da Sérvia, sete graças e trinta.

Não voltou da escola, não me babou a bochecha de beijo compulsório, não comemos juntos. Saudade seria o quê, quentinho no peito, apetite suspiroso pela companhia dele, repetida? Não é isso que me consterna. Sabe quando casal termina porque nenhum dos dois se suporta mais, uma se tranca na sofrência enquanto a outra cai na balada? Pois é... Ele quer se afastar tanto quanto quero distância, mas suspeito que ninguém além de mim esteja sentindo picada de pernilongo nas cordas vocais. Que o Leo arruíne a teatralidade entre nós teria que ter sido consequência de ir para São Paulo com o pai ou causa do meu tempo livre; não foi nem um, nem outro. Ainda preciso decidir por culpa de quem.

XXIV

Nada (nem a extinção do Leo, nem vilã fajuta de folhetim revelando que não é biológico meu) me desembaraçaria do rótulo de mãe. Nada, nem choque na cachola, me transmutaria numa espartana daquelas que mais se murcha de vergonha por filho desertor que de luto por filho ceifado em combate. Não almoçou comigo: bomba que (bum?) não explode e arrasa o bairro. Por que faço questão? Comer sozinha no por quilo anda menos deprimente que dividir mesa com o Leo e continuar sozinha; pelo menos, as garçonetes não bufam para mim.

– Posso comer no quarto?

– Poder, pode. Mas não quer fazer companhia pra sua mãe?

– Pffffffff.

Espero nunca dizer isso em voz alta, mas certo ele. Como se eu lhe fizesse companhia porque adoro parla de pivete... Estamos no mesmo barco, querido. Só te peço uma migalha de solidariedade; abaixe tua franqueza, pois não te posso apontar a minha. Que mãe põe o próprio equilíbrio acima do conforto do filho? Nosso modelo (antes da formação do feto, assim que a dor no crânio e o corrimento rosado avisam que o óvulo se assentou no útero) deixa de ser Eva escutadora de cobra, vira a Virgem Maria. Você, por acaso, já (ou)viu a Virgem Maria desabafar?

– Jesus, Jesus... Que que eu faço com você, rapaz? Fica provocando os romanos, Jesus... Daqui a pouco, centurião dá batida aqui em casa, e nuca de quem que aguenta, lombo de quem?

– Você vai tá onde? Do lado da sua mãe ou no deserto, farreando com aquele enxame de arruaceiro que gruda ni você?

A Virgem Maria engendrou o único ser humano perfeito e não extravasa. Quem sou eu para passear de coleira larga, que engendrei aquele cisco? Não me reconheço digna nem de pingente com imagem dela por baixo da camiseta. Cala-te boca.

– Pariu quem, chuchu?

A gente cisma que rosto expõe a verdade da máscara. E se, para quebrar o tédio, fosse o contrário? Pera aí, vou vestir a máscara e te mostro quem sou. Revide engolido não há de ter gosto de xarope à toa.

– Com que truque você invade a atenção de quem não é sua mãe?

– Vai, conta uma de papagaio. Escala de memória o Juventus do Gatãozinho, da Taça de Prata. Antecipa aí o panorama geopolítico da próxima pandemia.

– Que atrativo você tem, peralta?

Era evitável a repugnância entre mim e o Leo? Se era, a quem caberá a condenação por não evitá-la – à adulta, à superior hierárquica ou à fêmea? Já pensei que dá na mesma porque sou as três; não cometa você o mesmo equívoco.

– Repugnância, no duro?

Não, óbvio. Mas se ainda não inventaram substantivo nem para mãe que perde filha (contrapartida de "viúva" ou de "órfã", cada uma com sua amputação), espera sentado por terminologia para mãe que acha o filho trouxa.

– Reversível, esse sem nome entre vocês?

– Duvido que eu arranje ímpeto, e ele carinho, com que revertê-lo.

Fechei os dicionários que abri à toa. Adulta não é antônimo de criança, nem de adolescente, nem de jovem. Pagar as próprias contas, bordão predileto da adultescência, só te empossa deveras como adulta no sentido em que te emancipa de alguém que pagava antes. Conheço gente que quita os boletos em dia, com dinheiro que ralou para receber, mas telefona para a sogra (não para a ambulância) se o marido tem um ataque severo de asma em pleno ato. Por esse prisma, o casamento tradicional infantiliza, pois compele à interdependência, ao "não vivo sem ti". Ai, cansei; por que você não narra um pouco?

– Confesso que tô com essa coceira, mas que inusitado, trocar assim.

– Como se você ligasse...

– Bravura é a pontinha do medo. Puxa pra ver o que acontece...

– A gente trocou no capítulo seis.

– Não trocou, não. Eu assumi no quatro. Talvez mais tarde.

– Nem vejo que horas são. Pra que você ridica o relógio?

– Quando o ponteiro grande roçar em mais tarde, eu te aviso.

– Tá.

– Continua, por favor?

– Onde eu parei?

– Em “fechei os dicionários”.

Ah, é. Cadê, cadê? Aqui. Fechei os dicionários que abri à toa, peguei de volta minha personalidade no hall da *Ilíada*, enrolei na cintura e, restabelecida em português, mulher vivente sem preço cotado em bois gregos, cumprimentei a fome, que não vi se instalar.

– Oi, comé que vai?

– Suicida. Me mata.

Para obedecê-la, saí à procura de alimento. Cá fora, a imundície que, de manhã, atraiu o Leo quase não se nota. Recolheram a porcariada do chão e encostaram a lixeira no poste. Em Itatiba, nada impede que vizinhas de condomínio ou a farmacêutica da esquina tenham dado uma geral na calçada; lá em São Paulo, manusear sujeira pública destrói reputações. Se a gente não fungar com força, até dar uma ardidinha, a mancha de chorume nem fede. Alguém vai ligar para a prefeitura informando que uma lixeira na rua Maenduara precisa de manutenção? Minha fome se veste que nem a morte, só que de bege e sem foice; tá em tratamento para largar o vício em charuto, terapia junguiana. Não encontrei restaurante que servisse almoço ou antecipasse a janta, fora de cogitação perpetrar esse fomecídio em casa.

Degluti dois empanados de frango e um quindim amarelo no boteco da Jocasta. Me atualizei na fofoca: a polícia apreendeu, com a filha da Jocasta, uma quantidade de maconha que noia profissional (dos de carteira assinada de noia, que fumam das oito às cinco) levaria 91 anos para esgotar, além de balança de precisão e um neném de procedência desconhecida. A delinquenta recusou o convite para ir até o DP (onde a senhorita produzirá provas contra si mesma até ser indiciada por tráfico de entorpecentes, assim como por posse ilegal de menor de idade), levou tapa na nuca, martelada na sola do pé e condução coercitiva pelo rabo de cavalo. O Magalhães, que enverniza o cacetete, requisitara folga no intuito de surpreender a esposa com bijuteria ou de estalquear o ricardão no armário, embaixo da cama, no quartinho da área de serviço.

Na sede do 95º Distrito Policial (Heliópolis), onde presente se encontrava a Doutora Palimércia Rocca das Chagas, Delegada de Polícia, comigo Escrivã de Polícia de seu cargo, prestou depoimento a filha da Jocasta. Sabendo ler e simulando escrever, declarou que comparece arrastada, desacompanhada de patrona, e informou que a erva apreendida em tabletes se destina a consumo próprio, que verdinha assim não se repassa, não se aluga, não se distribui nem para cunhada, que a balança de precisão lhe preserva a saúde, pois que, por ordens médicas, segue dieta de seis gramas por dia útil, que guarda os sábados em respeito ao nosso Senhor, que domingo não há restrição de quantidade porque não nasceu de filtro d'água para ser feita de barro; lido e achado conforme, vai devidamente assinado pela declarante e por mim, Judiceia Hermógenes Honório, Escrivã que digitei. Perto da realidade, um lero-lero inacreditável; para quem se restringisse à coesão narrativa, o discurso até que parava em pé. A delegada de plantão se deu por (con)vencida.

– Sua história tá bem explicada, senhorita.

– Pira daqui.

Esqueci de perguntar que fim tomou o neném e a orientação

sexual da Dra. Palimércia. Acho louvável que a filha da Jocasta, sexy que nem dor na costela, manipule autoridades. E se tacarem ela no xilindró? De mordaça, de venda, joelho no piso duro, gota d´água potável no cabeção, tchaque-tchaque, a cada incalculável minuto.

Evito a todo custo presídios, hospitais e manicômios. No trânsito, dou voltas dignas de português descobridor de país para não ver nem de relance os prédios de instituições de controle – vade retro (Marcos 8:33). Das três que me desconcertam, duas não oferecem risco imediato; ajudo São Julião e Santa Dimpna a me guardarem do crime e da loucura. De hospital, não tem santo que te guarde. Quando a morte me acolher, me lembre de perguntar para Deus por que ninguém escapa de doença.

– Escapa, sim, Isis. Você vai ficar esquiva se Eu te contar quantos desencarnam sem um dia de saúde adversa. Em acidente de trânsito, bicados de ave bala, embarrigando ponta de peixeira...

Quem não acorda indisposta? Quem não cai nunca de cama? E lá vem a parentela, os amigos, um esquadrão de anjos sugerir, depois recomendar, por fim impor que a doenta vá pro hospital mais próximo que o plano de saúde cobre.

– Se precisar, eu te levo.

– Se precisar, eu te busco.

– A gente vai com você...

Entrar em hospital iniciou a prisão de todo mundo que de hospital não saiu. Por isso, não cozinhei; não inaugurarei rotina de mãe sem filho, de tipa sem marido. Aposto minha fé: se alguém vai facilitar, não vou ser eu.

XXV

No caminho de volta, atravesso minha ponte de estimação. Não lhe corre água por baixo; o rio secou eras atrás (data não registrada, cidade pequena não figura em livro de História), e a ponte se opôs cachorramente ao rebaixamento para passarela.

– Quantas salvei de se afogarem? Quantas carreguei a trabalho, a passeio, a namoro?

– Que ingratidão!

– Passarela é o raio que vos parta.

Me lembra você: a ponte sem rio, o gaitista sem fôlego. Os de idade ainda a conhecem por Ponte do Judeu, apelido maldoso que as gerações seguintes descontinuaram, cheias de soberba e empatia.

Planejei esmiuçar a ponte. Eu elucidaria que não é de estimação pela lembrança de você, questionaria por que "do judeu" virou politicamente incorreto, especularia os tipos de sapato que por aqui pisaram, porém o telefone vibrou e me divertiu do plano.

– Vibrou onde, hein? Calça de mulher não tem bolso. Tive que me requebrar segurando esse trambolho?

– Então você se requebra?

– Tonto.

Dessa vez, analisei o número. Era o Janus, tão canhestro que, ao fim da conversa, vou reconsiderar se não sou eu a traíra. O dia está no meio de uma aula de vento para principiantes, não quero atrapalhar.

– Onde você tá?

– Na Praça Catilina, cruzando a ponte.

– A pé?

– Aham...

Perdi o *timing* de mentir, tô na mecânica, no tintureiro. Faz dois anos que ele não elogia minhas pernas? Mentira nada tem a ver com honestidade de quem fala, com burrice de quem escuta; mentira é puro ritmo. Se a melodia engana, mas o ritmo for o ritmo da verdade, acredito piamente e hostilizo quem desconfie. Por causa do barulho ao fundo, de primavera fora de estação, o Janus procuraria pelo em ovo e acharia catorze.

– Desde quem, quer dizer, desde quando nosso apartamento usa perfume atrás do entardecer?

E se eu escapasse prum hotel ou pruma sarjeta do lado maltrapilho da cidade, cochilasse num beco qualquer, desconhecida dos ratos, inebriada de urina de pedinte, e emergisse amanhã pro chá, numa hora em que ainda reste aos bombeiros protocolo a cumprir, porém zero confiança no salvamento? Razoável, mas cadê coragem? Cadê cara de pau para blefar com divórcio?

Já me vinguei o suficiente? Não. Mas que armas me sobram, que recursos? Desalojar marido da cama pro sofá na sala, perigosamente perto da porta sem vigia, que leva a ainda mais longe de mim? Desfrutar do corpo com alguém que, ao contrário dele, não conheça os atalhos, com alguém que, ao contrário dele, não me mereça? Faz um ano e meio que absolutamente ninguém elogia minhas pernas.

– Pra onde você tá indo?

– Pra casa...?

– Você não tá vindo de casa?

– Não. Fui na Jocasta.

– Fazer o quê?

– Matar conversa, jogar tempo fora.

– Não tinha nada limpo aberto?

– Pra almoçar, não.

– Almoçar, a essa hora? Você não comeu nada o dia inteiro?

– Uma maçã com sal depois que vocês saíram.

– Tá chovendo aí?

Questionários desse tipo não me perturbam; funcionam para reinserir banalidade na conversa pós-briga, não para me esquadrinhar. Pós-briga? Não assinei acordo de paz nenhum, assinei? Mas, se menciono que a última briga não acabou, começo a próxima. Entendo que, na sua leitura, as perguntas conjugais podem ter pingado intromissão, autoritarismo até. Não se engane: o marido se prostra no meu altar. Ainda não tenho noção disso, mas a mãe dele ameaçava ir embora para nunca mais e para lugar nenhum cada vez que se metia num sai-de-baixo doméstico; falava da boca para fora, sem (na opinião do Janus) atinar ou sem (na minha) se afligir com os acovardamentos que pregava no filho.

Janus se criou para ficar órfão de mãe toda vez que adulta de quem dependa emocionalmente peça para ir no banheiro ou espere do lado de fora da alfaiataria. Quando finalmente penetre o segredo, me acusarei de relaxo por não ter intuído, me vingarei de lesão que não me lesou a mim.

– Eu não devia descrever o trânsito escasso de interior, os aromas do céu, as cores de árvores cuja nomenclatura sempre me parecerá supérflua?

– Sem necessidade.

– Certeza?

– Certeza.

– Sem descrição não fica meio cansativo?

– Você mesma disse, é supérfluo. Não somos europeus nem botanistas pra distinguir araucária de faia.

– Então, tá.

– E a vingança? Como você aviltou a Maria Alice?

– Parei de chamar de sogra, não sugiro passeio mais.

– Você chama isso de vingança?

– Meia boca, concordo. Mas, se borrifo laxante no ar da casa dela, perco a guarda do Leo, e quem acaba de criar? Você que não vai ser.

– Sacode uma toalha infestada de pulga no focinho daquele lulu da Pomerânia desgramento dela.

– Aventuresco demais. Vai que uma das pulgas pula ni mim... Prefiro ser grosseira.

– E você chama isso de ser grosseira? Uh, ela parou de me chamar de sogra, que malévola.

– Sogra não surtiu efeito, admito. Mas, na transição de "vó do Leo" pra "mãe do Janus", ela acusou o golpe. Pena que não revidou com murro.

– Tá, isso entre você e a Maria Alice. E entre você e o Janus?

– Descuidei. Quem vai suturar trauma alheio, eu? Já não tenho idade pro cinismo de dizer que é impossível, que ninguém resgata ninguém de si mesmo, que salvação fora da igreja não passa de engodo, mas ainda não cheguei na idade de me iludir que consigo. Ajudo sem contrariar os limites de Deus.

Faço vista grossa quando noto ter sido usada como mãe que não ameaça fugir, e pronto.

– Entendi.

– …

– …

– O papo tá bom, mas a gente precisa retomar aquela ligação que eu atendi na ponte, né?

– Verdade.

Na minha percepção, o Janus se conservou em silêncio durante toda essa entrevista do autor com a narradora, mas não saio crendo em qualquer percepção que me assalta. Por que a gente não faz que nem na Inglaterra, onde cada casal destrincha seus graus de silêncio junto da declaração do imposto de renda? De qualquer forma, me irritou.

– E aí?

– E aí o quê, amor?

– E aí?

– Você quer que eu fique em São Paulo? Eu fico…

– Queria que você não tivesse ido.

– Quer que eu volte?

– Você tá bem pra pegar estrada?

– Melhor que na ida.

– Não tá chocho?

– Não.

– Então, volta.

– Você quer que eu volte?

– Amor, não é o que eu quero que conta. É o que a gente faz. E o que eu queria, se fôssemos entrar no mérito dos quereres? Que ele voltasse, sim, as batidas dentro da minha caixa torácica cronometram nossa distância em sístole e diástole (volta, meu ludibriador, e quando eu não te reconhecer de tanta viagem, me explique como e do que, com tuas mãos de me agarrar, construíste nosso leito), porém que voltasse para um universo desprovido de filho e, de preferência (já que estou devaneando, por que não?), para um universo onde o planeta Terra tivesse formato trapezoide, com estações do ano, relevo e flora correspondentes, onde, após uns meses de enjoo e vertigem, o Janus se adaptaria a seja lá o que faça um trapézio no cosmo em vez de girar em volta do sol, aí se assustaria com a inexistência do Leo (pam!), me suspeitaria uma megera, uma desnaturada, uma Maria Alice (que traição, ó céus!) se lesse nos meus pensamentos esta esperança tola, construída sobre as bases do excesso de gibis lidos para me distrair da infância. Graças a Deus, vou morrer na véspera do anúncio (pro hemisfério sul) do leitor de alma desenvolvido pela PineApple; ninguém toque no meu trapézio. Ai, ai, ai…

A vontade de ter não tido o filho se dissolverá assim que eu retome a toada de mãe. O hábito não faz o monge? Fez esta monja.

– Volta com cuidado e com fome.

XXVI

Em casa, sem ponte debaixo dos tênis, recolho a lixeira caída. O porteiro espectador se chocaria menos se eu recolhesse um leproso? Garçom não cobiça a picanha da clientela; também…

Vinte e quatro horas com aquele cheiro nos buracos da cara, deve enjoar fácil. A maioria come no trabalho justamente para não pôr olho gordo nem olho magro no ragu alheio.

– Ragu de ossobuco pro jantar de hoje?

– Tenho que dar um pulo no açougue.

Inveja de porteiro, ao contrário de inveja de garçom, só faz crescer com os tique-taques de serviço em condomínio, que o aproximam da volta prum cubículo, provavelmente dividido com uma quantidade incestuosa de pé-rapado, numa região que só político sensacionalista sabe achar no mapa. Fosse "caída" sobrenome em vez de adjetivo, eu perguntaria à lixeira caída se ela acaso não é parente do anjo caído. Nosso apartamento tem ar-condicionado, varanda gourmet e três banheiros; se eu pagasse supermercado e dízimo com trabalho braçal, meu relógio só faria taque? Ignoro que o porteiro me cota pela impossibilidade de me comer, não em riqueza.

Que fedor de lata, Jesus amado. Não tiro os adesivos, um com brasão de Itatiba sobre o lema da prefeitura (*sonhos e costumes*), outro com o logo de uma rede de pensões para moças invioladas; colaria um do Juventus (aqui em casa tem de cartela, se você quiser, aliás), mas não combina. Batizei a lixeira de Rute Ferreira da Silva, e ela não é chegada em futebol. Vai comigo para São Paulo; caso contrário, não vou. Que momento será o apropriado para resolver entre carro, ônibus ou carona de internet? Gracinha quem se aventura a ir a pé, mas não.

– Quer ajuda?

– Pra ir a pé? Quero.

– Não. Com o tonel de lixo.

– Nem se eu tivesse empregada... Vou desinfetar isso sozinha.

– Cadê a educação? Custa agradecer?

– Custa. Você chamou a dona Rute de “tonel de lixo”. Cadê a educação, de fato.

A frequência com que tenho me obstruído a talento preocupa? Pus o *The Wall* e mudei de faixa, emburrada, antes que qualquer uma inteirasse minuto, achando tudo chato, uma porcaria infinita. Tá, mas achando com qual órgão? Não com o cérebro, que se espevitou.

– Que absurdo.

– Isso é uma obra-prima! Se uma boia de plástico ouvisse esse negócio, a boia de plástico entenderia o que é se sentir indigna de receber amor.

Pus a chaleira no fogo e dei pela falta da caneca de Áries que o Janus afanou de manhã. As lembranças da troca de caretas na porta do elevador nem completaram doze horas, porém já se revestiram com distância de filme: executei meus gestos ou assisti? Onde foi parar a experiência? Se o que vivi acontece com outra pessoa, não comigo, você me apresenta à dopplegänger?

Fiz mate com limão. A caneca despreparada não se amofinou. Busquei no escritório *April March*, o único do Herbert Quain que ainda não li nenhuma vez (por dó de esgotar o que ler dele com olhos virgens), e me alonguei no sofá. Se a gente tivesse um gato ou um jabuti, o bichinho me aconselharia autor menos matemático. Nem esperei a primeira equação, condenei página por página, sobretudo as que não li, por pedantismo algébrico.

– Socorro, nem o Herbert Quain escapa.

O que aconteceu no mundo durante os minutos em que ignorei as notificações do celular? No mundo, nada. E no centro de São Paulo, no Mandaqui, nos círculos da alta-costura, no espaço sideral? Nada, nada, nada e coisa alguma. Que botão aperto para acionar notificações sobre o que não sei nem me compete saber? Por que os algoritmos não nos oferecem, embasados pelos sigilos que nos roubaram, notificações sobre o que *não* nos interessa? Um piloto de corrida de helicóptero entra em coma e recita versículos de Malaquias no sono (assim diz o Senhor das Tropas: "reconstruam vossos lares, mas Eu os demolirei, e todo sensato que para cá aponte se referirá a esta terra como Fronteira da Perversão e a vós como povo infértil contra quem o Senhor se irou para sempre"), as colônias protestam contra o imposto de socialização, uma romena enxadrista pega nove anos de regime fechado por chifrar o marido – pra que me privar do que não me concerne?

– Portaria. Boa tarde.

– Oi. Por acaso, meu marido deixou uma caneca aí?

– Desculpa. Quem é a senhora?

– Ai, desculpa, Amácio. Nunca lembro que não tem identificador aí. Olha, não sei reagir à pergunta que você me fez. Vamos recomeçar do zero.

Se eu fosse bilionária, mudava de casa toda vez que um porteiro me perguntasse quem sou. Interfono de novo? Antes, preciso, para me acalmar, de uma reflexão e de um chocolate. Você pode ver só a reflexão: seriam as ruas o cenário adulto por excelência? Fora nos horários de entra e sai de escola, os dias úteis se definem (e talvez por isso se usufruam como úteis) por uma ausência acachapante de menores de idade nas vias públicas. O termo "moleque de rua" caracteriza um abandono, uma violência; adulto se denominaria *morador*, não "homem" ou "velho" de rua. O morador, por sua vez, se estabelece em relação à rua por não ter casa para onde voltar, não por cruzar o relento durante um breve intervalo para trocar de tetos. O "homem da rua" é um conhecedor do mundo, um espertalhão; já a "mulher da rua" bate ponto, roda a bolsa na esquina por dever profissional. Só a criança não pertence à rua, é vista ali, sobretudo desacompanhada, como intrusa, como motivo de preocupação.

– Portaria. Boa tarde.

– Oi, Amácio. Aqui é a Isis. Do dois, dois, dois.

– Ah. Oi, dona Isis. Não reconheci a voz, perdão.

– Por acaso, meu marido deixou uma caneca aí?

– Caneca?

– Uma branca, com o desenho da constelação de Áries. Ele deixou aí ou no elevador ou na mesinha do hall?

– Seu Janues, é?

– Ou o meu filho.

– Eu vejo aqui. Minutinho.

– ...

– Dona Isis?

– Oi?

– Se deixaram aqui, sumiu-se.

– Tá bom, então.

– Seu Janues é de Áries?

– Eu que sou.

– No fim de semana, Marte entra em Gêmeos.

– O que isso quer dizer?

– Que a senhora vai sair do condomínio.

– Bingo!

– Quer que procure mais a canequinha?

– Não. Obrigada, Amácio.

Entro no banho porque banho é à prova de mau (humor, olhado, gosto). Calculo que tomei pra lá de catorze mil e nunca critiquei o gênero nem a forma. Aprendi a me masturbar aos dezessete anos, desavisada como quem ganha cinquenta graças numa rifa que não comprou, folheando site de farofa na sola que espeta da dantista.

– Quê?! Repete?

– Folheando site de fofoca na sala de espera da dentista.

Entre horóscopo e spoilers de novela, jaz sob a rubrica "empoderamento" um link erótico dedicado às clássicas "quinze dicas para enlouquecer seu homem". Não sei dizer se cliquei por curiosidade ou porque a consulta atrasou além dos minutos de bom tom. Usei aparelho por 58 semanas. Tremelicava de esforço para não sorrir na frente de quem não soubesse; bom dia, dava os in (dispensáveis, escusáveis) e franzindo os lábios. Resultado: fama de arrogante. Para pôr em prática uma das dicas do site, não precisava de homem, nem próprio nem cedido (esse detalhe não constava do manual, eu que deduzi). Toda vez que a dentista apertava o ferrinho, dava enxaqueca, reduzia os usos da boca. Absorver um conceito inovador, capaz de germinar revolução íntima na maioria das garotas que se alegrariam por não ser eu, fez meus dentes doerem nem abaixo nem acima da média, e a dor não me impediu de testar nada no banho. Não gostei. Tentei de novo, agora sem dor: na mesma. Só me masturbo como último recurso, quando preciso chorar e não arranjo lágrima. Entendo por que tem gente que se vicia, longe de mim repreender.

– Vou dar um pulo no açougue.

– Ei, por que você tá procrastinando limpar a dona Rute?

– Prefiro não falar sobre isso.

XXVII

Por pouco, não esqueço minha falta de hoje; primeira desde que entrei na Unicamp, no cargo de assistente, em dois mil e meu ventre não tinha se esvaziado de ninguém. Já apareci diante da turma: de perna quebrada antes dos préstimos da ortopedista (por favor, fecha a janela, que dói quando venta na ferida), verde de pneumonia, amarela de hepatite A (as alunas que, com medo de contágio pelo ar, se queixaram de mim na secretaria de ensino não mereciam expulsão por obscurantismo?), com o Leo no colo (buááá: passou, tsh, tsh, tsh, passou: buááá) e logo depois de notar, arrepiada, uma bateria de ligações não atendidas, ouvir o áudio do Janus (oi, amor, controla o apavoramento, ele tá vivo, ó: oi, manhê: a notícia boa é que não foi nada, graças a Deus, a ruim é que um Chevette de colecionador deu um tranco no Leo, nem ralou o joelho, levantou sozinho, a gente tá os dois em casa te esperando, controla o enraivecimento, belo Chevettão noventa e três, prata, o dono nem quis que a gente pagasse pelo estrago, carioca gente boa, vascaíno, ficou comentando Fórmula Truck com a gente no pronto-socorro, o médico recomendou quarenta e oito horas em observação porque ele bateu a cabeça de leve, fez nem galo, beijo, não vai sobrar pizza, te amo), depois o da diretora da escola (bom dia, Isis, tudo bem?, aqui é a Patrícia, diretora do Ateneu, acabamos de falar com o pai do Leopoldo, os dois estão bem, mas parece que um vascaíno de Chevette teve um blackout), me contendo para não chorar. Mocinha professora de ensino médio ter matado aula para inspecionar o noivo é uma coisa, quarentona acadêmica não dar as caras no campus era e segue sendo contra os meus princípios. Mas ando me pautando menos por eles ultimamente.

– Já que toquei no assunto, quarentona? Quantos anos eu tenho?

– A leitora que faça as contas. Não lhe negaremos esse deleite.

Fidelidade aos meus princípios trouxe o que de vantajoso? Me encontro em plenas condições físicas e psicológicas de dirigir até Campinas para exercer a atividade que me apazigua e remunera, mas não resisti à comichão de curiosidade para ver como o Janus reage na volta, ao me surpreender de mudança ensacada. Quantos gemidos ele abafa, mais ou menos de seis?

De posse das minhas faculdades mentais, não falto de novo nem se me esfaquearem. O que ensino não tem valor de mercado (mãe nenhuma, nem eu, sonha ver o filho bacharel em grego antigo); ou a professora se martiriza ou cai no ridículo. Que nem Cristo: não morresse na cruz, hoje seria lembrado como comediante. Meio-termo é reservado a quem lecione no direito, na medicina, na engenharia.

A família do Janus autorizou nosso casamento porque despreza mulher no futebol, todos fanáticos (menos ele, que não torce) pelo Nacional da Lapa. Em situações assim, ter bilau seria inoportuno. Se eu tivesse um (grosso ou fino, duro ou mole, que cabe na boca ou não), teria sido posta na rua a pontapés a primeira vez que lhes fiz a desfeita de ir no almoço de domingo com a camisa do Juventus. Um dia, recupero a afeição pelo meu marido a ponto de voltar a rir do siricutico que provoco em sogro e cunhados?

Peço uma chamada de vídeo com a Bruna, colega na Unicamp, do curso de tragédia. Alguém vai ter que me substituir; se forem dispensar as alunas por causa de mim, foda-se o Janus, foda-se a licença óbito. Nunca lembro a cidade de origem da Bruna.

– Avisaste no departamento?

– Deus me livre.

– Como assim?

– Se alguém ali fica sabendo, vão me fazer favor o resto do semestre.

– Tá. Deixa ver se entendi... Não gostas de favor?

– Gosto. Dos que eu peço.

– E se alguém perguntar de ti?

– Se? Você já viu aquele povo se meter onde *foi* chamado?

– E faço o quê?

– Passa fio dental no cérebro.

– Falando sério. Respondo o quê?

– Que eu tive um problema pessoal. A verdade.

– É verdade não?!

– Quem disse que é mentira?

– Sei lá. Fizeste uma careta, assim, de visagem.

– Hahaha.

No dia em que você quebrou o braço na sua dimensão (aqui, na nossa, quantos anos atrás?), minha mãe enviou pro Janus, em tom de adeus, o resultado de uma radiografia do tórax, dando instruções sobre inventário. Ele fraquejou. Me contou gago e trêmulo. Deixa eu ver esse treco; ok, era o resultado real de uma radiografia real, encomendada pela cardiologista da família, que não faz o tipo que empresta papel timbrado para pegadinha. Vi uns 30% das palavras ali pela primeira vez (ectasia, costofrênico, parênquima, linfonodomegalia), mas conheço suficientes para não me meter a besta com as que desconheço. Encaminhei a imagem para a Amanda Dantas, que estudou comigo até a sétima série. Quem não tem amiga que entende de medicina consulta as inimigas.

– Isso significa que minha mãe tá morrendo?

– Não.

– Obrigada.

Foi nosso único contato depois da sétima série. Uma vez, ela me deu um tapa na cara durante uma aula de administração do lar. Melhor voltar para a conversa com a Bruna, que nunca me agrediu.

– A verdade verdadeira é que eu tô com preguiça, mas ninguém vai acreditar.

– Que conteúdo tás dando?

– Viu?

– Égua, vi o quê?

– Você mudou de assunto.

– Ai, Isis. Preguiça de que tua mãe faleceu? Que tu queres que eu fale, *my love*?

– A loteria da Babilônia acumulada.

– Da Babilônia, tem não. Serve a de Brasília?

– Comigo, é da Babilônia ou necas.

– Necas também tem não.

– Decepcionante.

– Hahaha.

– Sobre o conteúdo, não esquenta. Dá o que você vai dar pros seus.

– Não combina.

– Hã… Comenta a sua pesquisa. Isso! Parabéns.

– Parabéns pelo quê? Minha pesquisa tem nada a ver com a tua disciplina.

– E por que aula tem uma que ter a ver com a outra?

Não carrego desejo sexual nenhum, muito menos atração romântica, pela Bruna; certeza, já chequei. O que, então, me tenta naquela pele (mesmo em época de frio) cor de bronzeado? Que é tentação, não se discute… Mas Deus não tenta ninguém (Tiago, 1:13), e a Bruna não joga o menor charme para mim – de quem vem, portanto, a tentação? Se ela fosse homem ou feia, eu teria desligado minutos atrás e saído direto pro açougue. Porque a Bruna é bonita, vou ligar pro banco; cada um é tentado pela sua própria mundanidade (Tiago 1:14). O telefone na minha mão se tornou suvenir da nossa conversa, prolongamento da presença da Bruna.

Um dos tragediógrafos que ela estuda e ensina disse que o melhor que nos pode acontecer a nós, humanos, é não ter nascido. Acertou na mosca. Acréscimo meu: tendo nascido, o melhor que nos pode acontecer é a morte, mas todo mundo dirige bem nesta merda de cidade, cadê um barbeiro que me atropele por azar? Minha irmã responde "não por isso; é só pular na frente". Aham, mas aí seria suicídio, e ninguém aqui está falando de suicídio.

XXVIII

Quem, de um ponto de vista interplanetário, analise a produção artística ou intelectual da Terra, principalmente entre os séculos XIX e XXI de uma era na qual séculos ainda se contam a partir do nascimento de um protohippie que supostamente teria ressuscitado, não precisará de grandes esforços para identificar quantos medos os humanos têm de que aliens invadam o planeta azul e o colonizem. Se tais medos se destacam mais na União Europeia e *in America*, a única explicação para tanto não pode ser esses Estados disporem de dólares, de euros e de gente branca para investir em arte, cultura ou demais instrumentos de lavagem cerebral enquanto nossas avenidas se abarrotam de esfomeados porque dinheiro de latino não enche barriga; acho que os ricos do norte terem o cu mais na mão que nós, pobres do sul, faz sentido, pois o que para eles caracterizaria escravidão, para nós seria troca de senhores. O que me intriga, no entanto, é o complexo de vira-lata em escala planetária que nos assola

– vou explicar. Se houver, na vastidão do infinito, outras sociedades organizadas, por que raios presumimos que viriam mais desenvolvidas e armadas do que nós? A gente é desenvolvido e armado pra caralho. Se uma raça atingir capacidade tecnológica para viajar pelo espaço e aterrissar em planeta estrangeiro, na intenção de roubar minério e explorar a atmosfera, na intenção de catequizar à força os habitantes nativos, por que essa raça não será a raça humana? Já demos prova de nossas tendências escravagistas, também das nossas tendências catequéticas, e não foi uma prova só de cada. Muita gente, comentando filme de Hollywood, se espanta de que os marcianos digam *take me to your leader*, em inglês, mas diremos a presunçosa frase na língua em que acabo de escrevê-la – autora de ficção científica que proponha idioma mais imperialista no sistema solar vai ser criticada por forçação de barra.

O mesmo vale para inteligência artificial. Se robôs um dia dominarem a Terra, serão robôs nascidas de barriga de mulher, com nossas memórias externas, com nossa BrainNet. Robô nascida em fábrica não serve nem para enrolar cliente ao telefone. Isis está na quarta ligação pro banco; já ouviu três robôs, agora ouve outra. Ninguém cujo cérebro faça sinapse se dá ao luxo de atender.

– Boa tarde, Isis. Rubens. Albuquerque. Bem-vinda ao atendimento eletrônico do Banco Abaporu.

– Tu-ru-ruru-ruru ruuu-ruuu ruuu ru-ru-ru-ruuu ru-ru-ru-ruuu. Você sabia que comer carne mata de fome quem não come? O uso de grãos para engordar animais escravizados eleva o preço dos alimentos na feira em até.

– Sete. Mil. Por cento. O Abaporu criou o Seguro Multifatura Anticarne especialmente para você, que se culpa por não ter nascido pobre.

– Com o Seguro Multifatura Anticarne, você reserva automaticamente. Onze. Por cento. Do limite de crédito mensal para a elaboração de um cardápio sem crueldade, servido para você e para um carnívoro convertível.

– Para saber mais, tecle. Dois. Não seja cúmplice do sofrimento animal. Comece a usufruir hoje mesmo do Seguro Multifatura Anticarne. Para saber mais, tecle. Dois. Para contratar o Seguro Multifatura Anticarne, aguarde na linha. Tuu-ruu.

Isis desistiu, por ora, de falar com o banco. Não sei o que narrar enquanto ela se ajeita para sair de casa. Caberia uma elipse temporal? Dou enter, abro parágrafo e, tchãrã, ela aparece na rua? Meio desleixado... Em momentos assim, de transição, escritores dos melhorzinhos descreveriam o clima ou o ambiente.

– O canto do mercado, através das pérgulas e dos arbustos da praça, avança na penumbra como uma aresta.

Já os grandes... Na real, com que trena se constata essa grandeza? Escritor não é moletom, para vir em tamanho pê, eme ou gê. Digamos, portanto, "os que me cativam". Os escritores que me cativam, os que me atrasam o sono porque me hipnotizam para que eu adentre mais um capítulo, depois mais outro e outro, até que a janela comece a se maquiar com as cores da manhã e o silêncio lá fora aos poucos se preencha, esses escritores mencionam detalhes do corpo da personagem (esmalte amassado, cicatriz de pinta removida no queixo, caimento do vestido) com a propriedade de quem os furtou. Eu, não. Posso dizer, e diria orgulhoso (fosse orgulho emoção que cultivo), que não me curvo ao esquematismo dos escritores melhorzinhos e/ou que não permito me reduzirem ao meu tamanho, como se eu fosse pinto fora do zíper ou criança dos anos 1990 em fila no pátio da escola, mas resistência à minha relativa pequenez não faz senão camuflar uma lacuna: não descrevo ambientes, climas e corpos porque não sei e tenho medo de me flagrarem em plena incompetência.

– Você lembra se eu sequei o cabelo?

– Depois do banho?

– É...

– Não.

– Não lembra ou não sequei?

– Você não tava prestando atenção?

– Qual é o importante? Ter prestado atenção ou saber o que você tava falando?

– Você sabe o que eu tava falando?

– "Me flagrarem em plena ignorância".

– Em plena incompetência. Ei, aonde você vai?

– No açougue. Como se você não soubesse...

– Não perguntei pela informação, perguntei pelo ritmo da pergunta.

– Não tem jeito de você não saber. Mas, e o Abaporu com aquele seguro anticarne? Como o banco previu que meu próximo rumo é o do açougue?

– Prevendo. Normal celular reagir ao que escuta.

– Semana passada... Não... Semana retrasada, a gente não parava de falar tênis, tênis, tênis, porque o Leo voltou descalço da aula de circo. Meu telefone ouviu e agora tá me bombardeando com propaganda de quadra de tênis. Mas sei lá... Às vezes, acho que essa geringonça reage ao que *não* ouviu.

– Como assim?

– Tipo... Por que justo a propaganda do seguro vegano? E por que eu ligo, ligo, e não muda de propaganda? Alguém fora de mim sabe que saí de casa pra comprar carne mais cara que a do freezer?

– Eu sei.

– Não te vejo como "fora de mim".

– Lembra da Malu?

– Aquela magricela que gosta de apanhar?

– A própria. Outro dia, pediu na cara tão forte que o celular assustou e acionou a Patrulha Feminista.

– Vixe.

– Você não imagina o suador pra explicar...

– Nunca vi ninguém plugar micro-ondas em focinho de porco, mas prova que não é tomada...

– Haha.

– Ela não é sua personagem, é?

– A Malu? Não. Ela existe.

– Então eu não existo?

– Existe. Mas vai dizer que você existe do mesmo jeito que quem tem materialidade?

– Que preconceito... O Gatãozinho não jogava do mesmo jeito que o Messi, mas os dois jogavam.

– Nem vem! Não tenho nada contra os imateriais, só tô dizendo que é diferente.

– Sei...

– Chega de divagação. Narra aí. Explica por que você saiu pra comprar carne de grife em vez de preparar a do congelador.

– Autoritário...

– ...

Ué, compro carne para não envenenar e para não doar pros famintos. Também por soberba: Jesus alimentou quem o trairia dali a algumas horas; alimentar quem já te traiu, nem Jesus. Só eu. E por coerência – afinal, quem pediu pro marido voltar com cuidado e com fome? Vou cronometrar para que o rango caia no prato, com fumacinha e tudo, no instante em que abrirem a porta.

– Avisa quando você entrar na Bandeirantes.

"Você", no singular. Eu queria ser uma mosca, uma mosca telepata, para ler na mente do Janus a desculpa que ele me deu pro ésse extraviado. Erro de digitação, corretor ortográfico? Qual a diferença entre traduzir para mulher que me paga uma mixaria e cozinhar para homem que me tratava com apreço? Não acho que seja a mesma coisa, mas cadê a diferença? Não enxergo.

Juro que peguei a fila da carne, mas devo ter pegado a da intrusão na vida alheia; a açougueira me perguntou por que não fui no velório. E lhe devi satisfação, só faltei baixar a cabeça de bochecha rosada, menti uma corrida no encalço de prazo inadiável, para amanhã cedo.

A gorda da filha birrenta atrás de mim me desmentiu; quem se atarantou com prazo fica em casa e rala, não se perde em conversa mole, empacando a fila do açougue.

– Além do mais, essa é boa!

– Qual prazo ganha da mãe da gente?

Ai, que vontade de dar na cara dela com um peixão bem morto. Se conto, o Janus vai querer saber por que cargas d´água não mandei a enxerida lavar um tanque de ceroula e vai se abalar ao descobrir que não é contra ela que me magoei.

– Por que você não fica do meu lado?

– Do lado de quem você acha que eu tô?!

Hoje, não. Melhor acumular. Reprimo o desconsolo para sacá-lo com juros e correção quando o Janus estiver seguro de que superei nossa rixa. Duvido que não renda.

– Sabia que parei de te contar quando me maltratam na rua?

Ele vai tomar essa revelação como injusta, e um tico injusta há de ser. Mas quanto, de zero a dez? Ninguém além da Julia me chama de mimada: algo em mim suscita rodeios ou meus queridos acham que, se franqueza fosse lucrativo, político e CEO era tudo honesto?

XXIX

Minha mãe morre ou falece? De qualquer maneira, um alívio, né? O desafogo demorou por causa da afronta que meu marido me fez, mas veio. Olha o desafogo aqui.

Diz a Escritura, e a gente crê, que quem morre "achará o descanso na morte" (Isaías 57:2). Hum… Será? Se morrer for, como necessito que seja, uma jornada para perto de Deus, que descanso acharemos? Deus não facilita, não é de afastar o cálice; descansa quem perambula aqui embaixo.

A campainha martela o ar esfumaçado em volta do fogão. Sempre faz blim-blom, eu que não reparei? Até hoje, distinguir o macho do machinho pelo dedo era a única habilidade em que eu me sobressaía. Não mais. Quem tocou? E por que um dos dois tocaria? Para me atribuir o poder ilusório de peneirar quem entra e quem não entra? Ou no intento de me relegar a porteiro, assim, no masculino, já que "porteira" está mais para entrada de fazenda que para o(ri)fício de mulher?

Voltaram da mesma altura, praticamente do mesmo peso em que partiram. O adulto não trocou de idade; o crianço envelheceu não as horas que passou longe de mim, mas a primeira morte na família. A chave do Janus tinha emperrado na fechadura. Dependeu da esposa para se reabrigar em casa. Chegaram desprovidos de intimidade comigo, libertos do companheirismo entre si, tateando paredes em busca dos interruptores, se esquivando das quinas mal-intencionadas. Pena que os sacos de lixo verdes com as minhas tralhas não têm olhos, um ponto de vista a menos. Em poesia grega antiga, quem reconhece, após dez anos de guerra somados a dez de odisseia, o marido torna-viagem? Engana-se quem aposta na esposa rainha, cortejada por 108 playboys do reino.

Menino consegue amadurecer sem mandar a mãe calar a boca? O meu logo, logo, embarca nessa fase. Não perguntei:

– Tinha animal decepado na estrada? Quanto tempo de ida e de volta? Seu pai desceu a botina no acelerador?

– Pressentiu que, cedo ou tarde, a mãe na caixa de madeira vai ser a sua? Deu medinho? Ou abriu o apetite?

– Como a tia Marina se comportou? Alguém chorou, fora

a Julia? O Carlos foi? E o amante da vovó – compareceu?

– Onde vocês enfiaram minha caneca de Áries?

– A Julia disse... O quê?!

Tentaram me contar assim mesmo. Falaram aos atropelos, um depois do outro depois do um. Servi a carne do açougue em bifes, moldei a do freezer em croquetes. Confundir prazer com voracidade é normal de homem ou traço distintivo desse rapazote? Sempre que tem croquete, se gaba (cinco é aquecimento) de devorar uma quantia estrambótica – ingênuo, como se comida se lisonjeasse pela fome que desperta.

Comeram. Não elogiaram os pratos. Não me agradeceram. De sobremesa, musse de café com uva, receita do meu pai. A propósito:

– O seu vô vem te ver.

– Que dia?

– Sábado de manhã.

Janus trocou olhar com o Leo no ritmo certo de quem teme por verdade de prazo expirado. Meu pai largou notícia ruim para trás, e eles cataram?

Não, Isis. Largou notícia ruim para frente, onde ninguém além de mim pode catar. Por isso, não se preocupe; pelo menos, não por enquanto. Relaxa e aproveita a janta que você preparou com tanto zelo imerecido.

– O vô dorme no meu quarto?

– Resolve você com ele. Que tal?

– Vou poder falar não?

– O vô é seu, não é? O quarto também.

– Sério?

– Sério. Quer mais musse?

Travou – se na décima primeira semana de gestação, o exame de sexagem fetal tivesse anunciado que minha barriga, em vez de um Leopoldo ou de uma Milena, continha um cartucho de videogame de 50-60 anos atrás, eu agora o daria para que o pai soprasse ou o desmontaria para ver se algum chip caiu do lugar. Essa cara de tacho só porque ofereci mais musse de café com uva? Provavelmente antecipou, em vez do oferecimento, a cantilena de praxe, "vai devagar com o doce, senão você não dorme direito, criatura". Congratulações, ganhou a primeira liberdade que lhe outorguei de bom grado; as demais, ele conquistara na teimosia ou afanou enquanto me distraí, batedorzinho de carteira emocional. Não existe amor desprendido; por isso, liberdades plenas perante a mãe são insuportáveis. Acabo de dizer que outorguei a primeira dele "de bom grado", mas cedi por vingança, não dei de presente.

– O Leo quer falar.

– Ui, tem até anúncio.

– Vai, filho.

– Desculpa.

– Desculpa o quê?

– Desculpa, mãe.

– Eita, o que você faz de errado pra pedir desculpa?

– Você não queria que eu fosse pra São Paulo hoje.

– Besteira minha. Tá quase homem feito... Você que resolve.

– Resolvo o quê?

– Aonde você vai ou deixa de ir.

– Tá brava?

– Não. Fiquei brava de manhã. Não adiantou.

Que reação esperavam de mim, que eu também me desculpasse, apesar de não ter cometido erro do qual me purgar? Nananinanão. Desculpa por solidariedade, nunca mais peço a ninguém, sobretudo ao Leopoldo. Cansei de remasculinizar esse moleque.

– Vocês vão falar mais?

– A gente vai escutar, amor.

– Não sobrou. Já falei tudo.

– Posso fazer uma proposta, então?

– Pode.

– Só se você achar boa ideia.

– Tá.

– A gente entende e respeita se você disser não.

– O que você quer, cacete?

– A gente pode pedir pra Deus acolher?

– Acolher a minha mãe?

– É.

– Tá bom.

Para que pedir? Deus é o Todo-poderoso, todo piedade; acolhe, resguarda e salva, a gente aceite ou não. Ninguém precisa lembrá-Lo das filhas que pôs no mundo.

Deus não tem útero. Pôr no mundo vai além de parir? Rezamos, os três de mãos-dadas. No lugar de Deus, eu também não teria respondido.

– Tem mais?

– Não.

– Okay, minha vez. Quero eu pedir uma coisa pros dois.

– Pois não.

– Nunca mais mencionem na minha presença a cidadã que morreu. Lidem com a memória dela como a índole de vocês mandar, mas em silêncio ou longe de mim. Entenderam?

Exigi que prometessem. Entenderam, sim. Ô se entenderam. Nem me perguntaram que tormenta se abateria sobre cada um em caso de perjúrio, portanto me surrupiaram a oportunidade de ameaçar, "sumo de casa com a roupa do corpo, não volto nem à base de tacape", igualzinho a mãe do Janus. Ele não protestou, aliás, quando me antecipei e tirei a louça. Deslize lastimável. Quer encostar em mim de novo? Vai ter que demonstrar insegurança.

– Filho, antes de dormir, faz a mala. Tem duas no seu quarto.

– A gente vai viajar?

– Amanhã cedo.

– Mas.

O Leo (prematuramente calvo, autoexilado de mim no quinto arrondissement de Paris) desenvolverá tara por cheirar calcinha de mulheres com quem não manteve nem pretende manter relações. Articulou o "mas" exatamente como transcrito aqui em cima, com ponto final, não com reticências.

– Mas o quê?

– Tem escola amanhã cedo.

– Eu sei.

– Tá.

– Mais algum comunicado?

– Não.

– Então, pode ir. Boa noite, chuchu.

– Boa noite.

– Que foi?

– Que horas a gente vai sair?

– Depende.

– Pra que horas eu ponho o despertador?

– Seis e cinquenta e nove. Mas vou te cutucar antes.

Conforme ele se dirigia pro quarto, andando com o tronco mais do que com as pernas, pensei que lhe faltava uma bandeira, de preferência amarela e vermelha, menos pelo simbolismo das cores que como pretexto para usar a palavra "aurirrubra" com certa frequência.

Pronto, eis-me sozinha com o Janus. E agora, a gente faz o quê, trepa? Nem que a vaca tussa. Encenamos os dialogozinhos metidos a filme do Woody Allen que você nos mete goela abaixo e língua afora? Tenha a santa paciência. Estou farta de me projetar em narrativa para que você justifique, através de mim, seus fracassos socioafetivos: não visita a família em Minas porque tá me escrevendo, não sofre pela namorada porque tá me escrevendo, não arranja trampo de pagamento decente porque tá me escrevendo, a higiene pessoal foi para a cucuia e a casa fede a bosta de gato porque tá me escrevendo. Corpo não tolera saída. Me deixa. Se você tiver o mínimo de simpatia por mim, pula esse parágrafo. O Leo sai, corta – a gente já aparece no quarto, o Janus e eu. Para nós, personagens de ficção, descontinuidade narrativa é que nem anestesia geral para vocês, corpóreos.

– Pronto, cortei. Vai pro quarto.

– Deus lhe pague.

No escuro do antes de dormir, Janus me entregou uma pergunta que devia ter nome distinto, porque pergunta é algo que quem tem juízo responde ou ignora, e ele não queria de mim nem uma coisa nem outra.

– Você tá pensando em divórcio?

Se eu mentisse que “não, imagina”, pouco ou nenhum conforto lhe traria. Nada o desconvencerá da verdade; Janus precisa da mentira para me expor como mentirosa depois (vai que...), não para se iludir.

– Não. E você?

– Eu não vivo sem você.

– Tô voltando pra São Paulo. O Leo vai comigo. Não que um dos dois tenha escolha... Você tem. Escolhe se vai ou se fica e me avisa.

– Amanhã?

– Aham.

– Seu pai não vem sábado?

XXX

Voltamos para São Paulo um mês exato depois da morte da mãe. O marido resolveu vir com a gente. Não celebrei volta, nem vinda, nem morte. Não vesti luto pelo pai, meu e desaparecido, porque desatentas talvez confundissem, talvez pensassem que era por causa da defunta.

Demorou para que o apartamento novo, na Vila Romana, se instalasse em nós. Desencaixotamos livros em ordem alfabética de sobrenome de autor, pedreiros vieram esburacar o teto do banheiro por motivos que eu preferia que não tivessem me explicado, desembarcamos os móveis por ordem alfabética de prenome de designer. Antes de liberar o fornecimento de energia elétrica, a subprefeitura da Lapa nos impôs uma semana de noites iluminadas à lanterna, delivery de comida em todas as refeições e banhos de manhã na casa da Julia. Por que o Leo se solta com ela?

– Oi, tia.

– Vim lavar a bunda.

Sorte que minha irmã mora perto, já que devíamos, por obrigação contratual, dormir o primeiro trimestre em casa ou perderíamos a posse do imóvel. Sorte não, fiz força e paguei além do que cabia no orçamento para morar perto da Julia, na rua Vetúria. Assim que tudo se assentou e que pudemos lavar o corpo em água quente sem pedir favor, ordenei que o Leo faltasse da escola e desse um pulo comigo no Banco Abaporu, sacar as 350 mil graças que recebi, em intimidação, da avó dele.

– Não pode.

– Como não pode? O dinheiro é meu.

Meu patavina nenhuma, nunca aceitei. Relatar isso à loirinha esquelética do caixa não me pareceu, no entanto, a tática mais sutil para atingir o objetivo. Ela me explicou que, como a quantia era demasiado alta (trezentos e cinquenta mil graças, que nem jaguatirica: dizem que existe, nunca vi, não), eu precisaria enviar um requerimento online, voltar na agência, preencher um formulário de papel e aguardar treze dias para que o comitê de ética do banco analisasse a solicitação e emitisse um parecer. Ridículo.

– O dinheiro. É. Meu.

– Não tô falando que é nosso, senhora.

– Ninguém tem que analisar se fico ou não com o meu dinheiro.

– Mas a gente nem estoca uma bagalhoça dessa na agência. Não existe bandido?

– Se estocasse, você não me dava.

– Nem a senhora rachava comigo.

Enviei o requerimento, preenchi o formulário e regalei a loirinha abestalhada com um relógio roxo que ela não titubeou para afivelar ao pulso nem agradeceu. Três dias corridos, o gerente me chama para reunião. Na casa dele, às nove. Hein? Ordenei nova falta da escola, para que o Leo me acompanhasse. Ele estranhou.

– Seu negócio não é de noite?

– Não questione.

Almoçamos juntos. Quem cozinhou foi ele, um carbonara sob supervisão desta que não vos fala, com trilha sonora dos Beach Boys (*That's not me*, repetida uma dúzia de vezes). Tirou foto da minha mão cobrindo a dele, em volta da mesma colher de pau para fritar o mesmo bacon. De vez em quando, ele me ama.

Porque sou a mãe do Leopoldo, não a minha, prefiro dar os parabéns pela iniciativa a reclamar que o carbonara saiu com gosto de detergente. Não acompanhei o que ele fez à tarde. Antes de partirmos para a reunião, proibi de contar pro Janus aonde íamos. Vejamos que efeito proibição da mamãe não surte mais.

Lá chegando, o gerente pediu para não repararmos na bagunça. Meu filho nunca conversará a respeito com nenhuma das psicoterapeutas que financiou ao longo da vida. Se eu me inteirasse disso, me angustiaria, que mãe desimportante virei. Para se lamuriar de quem ele contrata psicopalpiteiras profissionais, se não de mim? Não havia bagunça em que reparar, *anyhow* (impressão minha ou os móveis estavam organizados em ordem de espessura?), só uma ausência de conforto que, admito, me espantou. Quanto ganha um gerente de banco? Recebeu a gente de terno, sem gravata, a camisa aberta dois botões abaixo da medida do profissionalismo. Quem revitalizou essa moda do amante latino fez jus a quatro horas de sede e a uma semana de fome, que cafonice.

O gerente não era feio, nem eu sou boba. Atrair correntista para casa, e à noite? Aqui, ó. O Leo acha, sem dúvida, que veio para me escoltar. Será a última vez que não toma pito por causa desse tipo de inversão de valores. Quem escolta quem, curumim? Veio porque veio. O gerente irrequieto não decide para qual visita olhar.

O que esse desabotoado planeja é me apertar o rabo. E irá até onde se eu consentir?

– Como assim, *se* eu consentir?

– Por que não consentiria?

É cada pressuposto que a gente arranja... De onde ele tirou que rabo de cliente que requer, em dinheiro vivo, uma quantia astronômica seria apertável? Algum cálculo levaria outro gerente a conclusões idênticas? Quais minúcias do assédio dependem do assediador? Por exemplo, se ele fosse acupunturista ou gandula, em vez de gerente de agência bancária de praça, o grau de invasividade aumentaria ou diminuiria? E se ele tivesse muque em um bíceps só? E se fosse da cor do pai do meu filho? A identidade da assediada faz diferença? Tipo, se eu fosse boazuda de novela ou faxineira dos cômodos dele, alguma coisa mudaria, mas o quê?

Tomei duas taças do vinho branco escolhido sem ganância. Pelo mesmo preço, em qualquer mercaria, tem garrafa com menos notas de água sanitária e frutas mofadas. Ofereci pro Leo. Certeza que recusou por inibição de beber do meu copo, não por receio do que se abateria sobre nós caso nos embebedássemos no território de um estúrdio que não disfarça que quer me comer.

O comitê de ética do Abaporu tinha aprovado meu pedido; eu receberia sete pacotes de 50 mil, um por semana. Não tinha que esperar treze dias por esse feedback? Não discuti. Coletarei os pacotes e esconderei um por um no armário de sapatos até integralizarem a múmia financeira de 350 mil graças.

– Pode retirar na agência ou aqui em casa.

– Aqui.

– O que for mais prático...

– Olha pela janela. Tá vendo? Você mora no Canindé. Mais prático, na agência. Mas vou vir aqui.

– Você que manda.

– Você não é meu amigo, não sou sua namorada. Me chame de senhora.

Se fizesse o meu tipo, ele teria murmurado, titubeante, "sim, senhora", mas só balançou o pescoço em sinal de positivo. Para mim, os únicos números não redondos são: um, três, nove. Surpresa nenhuma que um sujeito que se chama Devenir não faça meu tipo. Pena que não lhe dei fôlego, senão ele teria contado que meu saque correspondeu a 65% do dinheiro de papel impresso na cidade inteira naqueles quase dois meses de parcelas empacotadas.

Compareci pontualmente, em trajes formais apertados, aos sete encontros. Na Bíblia, seriam doze? Ou sete vezes sete? No primeiro, deixei o Leo estacionado na sala enquanto transei com o gerente no quarto. Fez barulho, mas o Janus é maior. A partir daí, usamos um motel nas cercanias. O Leo aguardava na recepção ou na padaria da esquina, mexendo no celular dele e no meu. Embirrei com o motel menos acessível, daqueles com jacuzzi no quarto, teimei em não dividir a conta. A falta de chique da residência do gerente brochava qualquer juventina.

No último encontro, o Devenir esperneou para que não fosse o último. Prometeu discrição, me galanteou, inspirou dó, disse que a gente não tinha prazo de validade. Falava "a gente" para não tropeçar em "paixão", "relacionamento", "namoro", senão acabaria declarando "amor" sem aspas.

– Virgem Santíssima, onde ele arrumou tanto apego?

Imagino que não faltassem candidatas para lhe adornar a cama, todas ricas em colágeno, com elasticidade circense e disposição para emendar o fim de semana na balada. O que eu tenho que elas não têm? Tocou-me no ego e no coração de mãe, não fui feita de pedra. Nem de palermice, para me guiar por fragilidade emocional. Mulher, quando gama por alguém, destaca seus próprios lados positivos (tiro nudes em ângulo que me realce a silhueta, escuto compenetrada palavrório de garanhão, uso o vestido semostrador que as amigas juram que me favorece), homem se faz de energúmeno. Não tenho paciência, nunca tive. Pus os pingos nos is, o til nos nãos. Separar sujeito e predicado com vírgula me fascina, deu vontade, porém é meio raro que se possa fazê-lo sem parecer iletrada.

– Te denuncio no banco por assédio.

– Conto pro meu marido.

– O guri é testemunha, e eu gravei áudios.

– Passar bem.

O Leo me esperou na porta. Levei pelo pulso até o carro. No caminho de volta pro lar, apoiei a mão na coxa dele sempre que o trânsito permitiu. Só reparo amanhã que o punho da minha camisa rosa está sujo de esperma e nunca entendo de que maneira isso aconteceu.

Paramos para comprar um vaso vietnamita. A florista do sorriso de risquinho custou a esvaziar um para mim, ainda que eu pagasse por fora.

XXXI

O pormenor que me perverte é ter me curado do primeiro amor. D. Rute Ferreira da Silva, a lixeira caída, foi a única personagem dócil entre nós. Me atreveria a lhe entregar o troféu de mais dócil de todas que você concebeu e conceberá, só que não me apresentaram boa parte das outras. Julgamento às cegas não é comigo. Quanto a mim, sequer me classifiquei pro campeonato da docilidade.

Decorei o nome da flor dentro da D. Rute (eu que plantei),

mas não consigo mencioná-lo, pois seu vocabulário filtra o meu, e você não sabe o nome de porra nenhuma, chama tudo de flor ou, pior, de planta. Eu jamais poderia ter: seguido carreira da qual você nunca ouviu falar, casado com marido que você não inventou, me estabelecido em cidade que não figura dos seus mapas.

– Um paisagista, na minha pele, teceria lenta descrição (quiçá poética, quiçá tediosa) de como você extraiu a flor da dona Rute e replantou no vaso vietnamita. Me incomoda desconhecer gênero, espécie e nome social dos vegetais. Prejudica o andamento do texto.

Meu traje formal de transar com o Devenir se emporcalhou de terra e borra de café. O piso também. Logo mais, resolvo se limpo ou deixo para a diarista, que vem amanhã, assim que o sol raiar. Os diálogos com ela me molestam de tão chatos, porém não me bandeio com a elite que esnoba pobre que trabalha com limpeza, chata que seja, por mais que usurpe a manhã da casa. Criei regras para suavizar o contato: nunca inicio, respondo de duas a quatro sílabas, alternando obrigatoriamente entre colocações afirmativas e negativas.

– Seu Janues tá bem?

– Dor de dente. (Quatro, afirmativa. Dor-de-den-te.)

– Vai no dentista?

– Não, teimoso. (Quatro, negativa. Não-tei-mo-so.)

– Posso ajudar de algum jeito?

– Relaxa. (Três, afirmativa. Re-la-xa.)

Não trapaceio. Quando perco, aceito a derrota. Dou uma de migué que não ouvi, ela reformula a frase em termos mais ou ainda menos respondíveis em quatro sílabas, e a brincadeira unilateral continua. Jogo alivia qualquer dor. Não sei como não tem Cracolândia de jogadores compulsivos de Playstation morando na praça, desgarrados da família, temidos na imprensa, um quebra-cabeça sanitário para a Secretaria de Saúde Pública.

Trago as 300 mil graças do armário de sapato. Me tornei oficialmente velha no instante em que se me emancipou da língua a frase "scarpin de salto agulha nunca mais, não me formei em curso de dominatrix". Conto as notas de dez em dez enquanto estufo com elas a D. Rute.

– Leo!

– Oooi.

– Vem cá.

Contrario várias superstições: cruzo por baixo de escada, abro guarda-chuva sob o nosso teto, desfilei de noiva na passarela do Janus para experimentar o vestido. No ensino médio, daqui a duas séries nas quais será aprovado com média anual 8.9 e 9.5, o Leo vai perder a virgindade com uma professora de redação que abusa dos remédios para transtorno afetivo bipolar. O Janus omitirá, pelo menos de mim, do lado de quem jaz inconsciente toda noite, o orgulho pela iniciação do filho com "um mulherão daqueles". Não sou senadora, para expurgar verdade dolorida; a moça, não nego, era estonteante, tinha nas costas tantas curvas quanto nas ideias. Pirei. Botei a boca onde? No trombone: ameaço a diretora do Ateneu de um escândalo midiático que não tenho contatos na mídia para promover, mando minha advogada ligar pros peritos, escrever pros padres, chantageio, xingo, choro, quebro o sigilo de laudos religiosos e psiquiátricos da rameira. Apesar de não enxergar cabimento jurídico, garanto que processo escola e professora por pedofilia; ninguém pesquisa que a maioridade sexual em São Paulo subiu para catorze anos completos. Muita gente pensa, alguns vão (a começar pelo Janus dos meus pecados), inclusive, argumentar que a fulaninha perdeu a fonte de renda, se viciou em codeína e cumpriu meses de hospício por culpa de quem? Minha. Ha-ha, discordo. Por culpa própria. Quem cavalgou, dentro da classe, aluno indefeso? Também argumentarão que não pirei por acreditar que meu bebê, cuja média anual seguiu nas alturas, tenha sido prejudicado no ensino ou ferido no pio-pio, mas de ciumeira. Ai, sim, concordo. Só não distingo se me morderei de ciúme do aluno depravado ou do desatino da professora.

– Tá surdo?

– Vem cá.

Peço para que o Leo apanhe as 50 mil graças que esqueci no carro de propósito. Ele vai, obedece, volta, me entrega o pacote, mirada fixa no avesso do cotovelo, na dobra. Faz menção de se retirar. Não permito, mas entendo a linha de raciocínio: o correto seria que agora minhas irmãs, não ele, me acompanhassem. Nem convidei. A viva tentaria me dissuadir (orgulho é prerrogativa de Deus, não nossa) e, ao perceber que falhará, iria embora aos prantos, me enjeitaria por meses; a morta me decepcionou, achei que não precisasse de convite. Depois que nosso avô faleceu de erro médico, a avó, que antes rezava *por* ele, desatou a rezar *para* ele, pedindo proteção, como se o velho se tivesse empossado anjo da guarda assim que esticou as canelas. Se eu estudasse necromancia, invocava a Valeria das profundezas. O que a impediu de comparecer?

– Fica aqui, Leopoldo.

– Abre o envelope.

– Agora põe nota por nota dentro da dona Rute. Isso, com jeitinho.

– Cem... Duzentas... Trezentas...

Queimar papel-moeda é contra a lei, porque notas de graça contêm o nome de Deus e a assinatura do Dom Clemente – artigo 163, inciso III do Código Cristiano (embasamento bíblico, 1 Samuel 15:22). Não me ocorre estar cometendo um crime, tampouco percebo que meu filho se atormentou por medo de cadeia (só dormia nos horários em que é proibido cumprir mandado de prisão) até se naturalizar parisiense, um tufo grisalho de cada lado do gogó, fora do alcance da Polícia dos Bons Modos.

Revestimos com dinheiro o exterior da lixeira. Quantas cestas básicas de favela daria para bancar só com as cédulas empapadas de cola? D. Rute pressagia o sofrimento que se avizinha, não lacrimeja de desespero porque não tem olhos.

– Não banque o frívolo.

– Antes de ironizar, me mostre *uma* lata de lixo que tenha praticado legítima defesa.

Enxarco uma flanela e uma esponja de aço em álcool, deposito sobre as notas. Indiquei, por gestos, que o Leo movesse a D. Rute para a área de serviço. Arqueja por conta própria, ninguém pede. Shhh! Fazê-la ouvir os preparativos seria de uma crueldade infantil. Risco um fósforo, qsss, estendo pro Leo, sinalizo a execução. Ele reluta. Minha mãe não vai abrir o túmulo de dentro pra fora, que nem vampiro de filme.

O Leo segura o fósforo aceso. Nunca tiraremos a limpo se nos atrapalharia a administrar as respectivas consciências, se adiantaria ou retardaria o procedimento ora em curso, caso o fósforo tivesse opinião a respeito das cinzas que produzirá e pudesse exprimi-la.

Aos fósforos, não se concedeu o dom da linguagem. Deus sabe o que faz? O tempo estremece.

Pai nosso que estais ausente, desaprendido seja o nosso nome, tomai de nós o Vosso reino, não seja feita a nossa vontade, nem na Terra, muito menos no Céu, o pão nosso de cada dia nos vendei hoje com geleia de framboesa, perdoai as nossas ofensas melhor do que não perdoamos a quem nos têm ofendido, deixai-nos cair em tentação, pois confiamos em Vós para limpardes a nossa barra, tanto faz o mal, mas livrai-nos da dor, amém.

O Leo não cospe fogo, apenas desliga a força entre os dedos de onde pendia a chama, que cai na velocidade exata em que deve cair para respeitar os preceitos da física. A fumaça não originou gafanhotos, nenhuma estrela me caiu da noite no cocuruto.

Se eu comandasse o mundo, o Leo teria um isqueiro e resistiria com alguma veemência à minha pulsão incendiária.

Janus finge que não enxerga nem cheira a anarquia em que encontrou o apartamento ao voltar de pausa sem nós. Para desconversar em Itatiba, tagarela-se sobre vento, nuvens, mormaço (o padeiro apostava se ia chover nos feriados) ou sobre o preço da gasolina – partidários da prefeita não recebem desconto em posto, mas, por lealdade ao voto malogrado, suspendem o furor. Tive dificuldade com isso durante todo o exílio interiorano. Aqui na capital, a gente fala de futebol; quem não torce comenta a inconstância da maquiagem ou do caráter das ruas (o Café Harakiri faliu, substituíram o sex shop da Henrique Schaumann por um templo com barraquinha de frango frito na porta). Meu marido, ao contrário de mim, se adapta, e rápido, à troca de culturas. Em resposta à lamaceira na sala, ao rastro de pegadas dali até a área de serviço, pergunta se vimos que o Teatro das Azaleias vai ser tombado pelo patrimônio histórico. Eu vi, menti que não; o Leo não viu, mentiu que sim.

– Ninguém tá sentindo cheiro de herança queimada?

XXXII

D. Rute sobreviveu – inutilizável. Segue morando conosco, óbvio, praticamente da família. A partir de hoje, gozo uma vez por dia. As cinzas do dinheiro, derramei em cima da lápide da mãe, no cemitério ateu do Tucuruvi. Pela última vez antes que minha longínqua e afrancesada morte me abrace, falo com a imbecil que me deu a vida e não tomou de volta. O que dissemos fica entre nós duas. A quem interessar possa, não fizemos as pazes.

– Sua filha de chocadeira!

Agradecimentos

Aline Totoli
Clube Atlético Juventus
Diane Nguyen
Guilherme Beltrami
Hospital Nossa Senhora do Pari
Jamil Abrão (in memoriam)
Jards Macalé
Jorge Abrão (in memoriam)
Laranja Original
Livia Lakomy
Mingus Rosquinha Goldenberry
Naziazeno Barbosa
Octavio Cariello
Ria Livraria
Ricardo Abrão
Sarah Shimizu
Toni Mingau da Silva
Valeria Calixto Tauil

www.laranjaoriginal.com.br

Edição Filipe Moreau
Projeto gráfico Marcelo Girard
Capa Marcelo Girard, óleo sobre madeira
Fotografia Cesar Cury
Produção executiva Bruna Lima
Diagramação IMG3

Dados Internacionais de Catalogação na Publicação (CIP)
(Câmara Brasileira do Livro, SP, Brasil)

Knight, Daniel
Amarás meu nariz brilhante / Daniel Knight. –
1. ed. – São Paulo : Laranja Original, 2022. –
(Coleção rosa manga)

ISBN 978-65-86042-54-2

1. Romance brasileiro I. Título. II. Série.

22-127940 CDD-B869.3

Índices para catálogo sistemático:

1. Romances : Literatura brasileira B869.3
Cibele Maria Dias - Bibliotecária - CRB-8/9427

Laranja Original Editora e Produtora Eireli
Rua Capote Valente, 1.198
05409-003 São Paulo SP
Tel. 11 3062-3040
contato@laranjaoriginal.com.br

Fontes Janson e Geometric *Papel* Pólen Bold 90 g/m² *Impressão* Psi7/Book7 *Tiragem* 200 exemplares